本色文丛·柳鸣九 主编

秦淮河里的船

——施康强散文精选

施康强／著

海天出版社（中国·深圳）

图书在版编目（CIP）数据

秦淮河里的船：施康强散文精选 / 施康强著.
—深圳：海天出版社，2016.6
（本色文丛）
ISBN 978-7-5507-1589-9

Ⅰ.①秦… Ⅱ.①施… Ⅲ.①散文集—中国—当代
Ⅳ.①I267

中国版本图书馆CIP数据核字（2016）第057695号

秦淮河里的船
QINHUAIHE LI DE CHUAN

深圳出版发行集团
海天出版社

出 品 人	聂雄前
责任编辑	梁　萍
责任技编	蔡梅琴
装帧设计	Smart 深圳斯迈德设计 0755-83144228

出版发行	海天出版社
地　　址	深圳市彩田南路海天大厦（518033）
网　　址	www.htph.com.cn
订购电话	0755-83460293（批发）0755-83460397（邮购）
印　　刷	深圳市新联美术印刷有限公司
开　　本	787mm×1092mm　1/32
印　　张	8.25
字　　数	137千
版　　次	2016年6月第1版
印　　次	2016年6月第1次
定　　价	35.00元

施康强，1942年生于上海，1958年考入北京大学西语系法国语言文学专业。1963年毕业，分配到外文出版发行事业局《中国建设》（现名《今日中国》）杂志社任法语翻译。"文革"后入中国社科院研究生院研读法国文学，毕业后在中央编译局工作，直到退休。

业余翻译一些法国文学和学术著作。自己比较满意的成果，是用明清话本的文体翻译巴尔扎克用古代法语写的《都兰趣话》。

其他结集出版的作品有《都市的茶客》《第二壶茶》《自说自话》《牛首鸡尾集》等。

总序一

深圳市海天出版社似乎颇有点"散文随笔情结",前些年,他们请季羡林先生主编了一套"当代中国散文八大家"丛书,效果甚好。于是,他们再接再厉,又策划出新的书系"世界散文八大家"。可惜此时季老先生已经仙逝,他们只好退而求其次,请柳某出面张罗。此"世界散文八大家",召集实不易,漂洋过海,总算陆续抵岸。接着,海天出版社又策划了一套新的文丛,以现今健在的著名文化人的散文随笔为内容。大概是因为柳某与海天出版社有过愉快的合作,自己也常写点散文随笔,又身居"人杰地灵"的北京,便于"以文会友",于是,他们又要柳某出面张罗。这便是这套书系产生的来由。

什么是散文随笔?前几年,一位被尊为大师的权威人士曾斩钉截铁地谓之为"写身边琐事"。我曾努力去领悟其要义,但就自己有限的文化见识,总觉得这个定义似乎不大靠谱。就"身边"而言,散文随笔的确多写与自己有关的人或事,但远离自己的人与事入文而成经典散文者实不胜枚举;就"琐事"而言,散文随笔写人写事的确讲究具体而入微，见微知著，以小见大。但以经国大业、社稷宏观、高妙艺文、深奥哲理为内容的名篇也常见于史册。不难看出，对于散文随笔而言，"题材不是问题"，任何事物皆可入散文，凡心智所能触及的范围与对象，无一不可成就散文也。故此，窃以为个人心智倒是散文的核心成分。

那么，究竟何谓散文呢？散文的基本要素究竟是什么呢？如果用定义式的语言来说，散文就是自我心智以比较坦直的方式呈现于一定的语言文学形式中。而自我心智者，或为较隽永深刻的自我知性，或为较深切真挚的自我感情。说白了，如果是思想见解，当非人云亦云，而多少要有点独特性，多少要有点嚼头与回味；如果是情感心绪，那就必须是真实的、自然的、本色的、率性的，而要少一些矫饰，少一些虚假，少一些夸张。是的，尽可能少一些，如果不能完全杜绝的话。诗歌中常有的那种提升的、强化的、扩大的感情似乎不宜入散文，还是让它得其所哉，待在诗歌里吧。

至于"一定的语言文学形式"，不外意味着两点，一是非韵文的，这是散文有别于诗歌的最明显的标志；二是要有一定的修饰技巧，一定的艺术化，这则是散文随笔不同于公文告示、法律条文、科普说明以及各种"大白话"的重要标志。

这便是我所理解的散文随笔。我在自己的学术专业之外也经常写一些散文随笔，就是按照自己以上的理解来"炮制"的。今天，我被委以主编重任，也是按照自己以上的理解来操作的。至于我在自己的散文随笔中是否完全实践了自己的理念，是否达到自己的理念，在这次主编工作中是否有不合理、不入情的要求与安排，那就很难说了。呜呼，知与行的脱节与矛盾，人的永恒悲剧也。

出版社在策划这个书系的时候，规定约稿对象为当今的文化名家。当今的文化名家种类何其多也：有在荧屏上煽情与讲道的主持人，有靠摆 pose 与哭功而大富特富的影视大腕，有靠搞笑与搞怪出位的演艺奇才……人人都在写散文随笔，这大有成为当今散文随笔的主旋律之势。但按我个人的理解，这里所讲的文化名家不外是两种人，即具有作家文笔的著名学者与具有学者底蕴的著名作家，这两者的所长正是我对何为散文理解中所谓的"心智"这一大成分。

由于我自己的圈子所限，第一辑的约稿对象全是上述的第一种人，即具有作家文笔的著名学者，而且基本上都是弄西学的学者或游学国外多年的学者，多散发出一点"洋味"的人。

学者写散文似乎有点"不务正业"，有点越界，侵入了文学家地盘。但对于学者来说，特别是对人文学者来说，却完全是兴之所至，是一种必然。他本来就有人文关怀、人文视角、人文感情，这种心智状态、心智功能，一触及世间万物，就莫不碰撞出火花。只要有一点舞文弄墨的兴趣、冲动与技能，自然而然就会产生出有点意思的散文随笔了。虽说舞文弄墨也是一种专门技能，需要培养与操练，但对于弄西学的人文学者来说，整天在世界文库里打滚，耳濡目染，这点技能是可以无师自通的。况且，人文学者于散文创作更有自己的优势，毕竟，他的知性是向全人类精神文化领域敞开的，他的目光是向全世界各种事物投射的。其散文随笔的题材，自是更为丰富多样，投射观察的目光自是更为开阔高远。而得益于世界各种精神文化的滋养，其可调配的颜色自是更为丰富多彩。说不定，也许我们这个时代有意思的散文随笔正是出自学者笔下呢，学者散文实不容当代文学史家忽视也……

所以，我有理由相信，这一套"本色文丛"多多少少会给文化读者带来一点不一样的感觉。

柳鸣九

2012年5月于北京

总序二

"本色文丛"的缘起，我已经在前序中做了说明。只不过，在受托张罗此事的当时，我只把它当作一笔"一次性的小额订单"：仅此一辑，八种书而已，并无任何后续的念头与扩展膨胀的规划。于是，就近在本学界里找了几位对散文随笔写作颇感兴趣、颇有积累的友人，组成了文丛第一辑共八种。出版后不久，我正沉浸在终结了一项劳务后的愉悦感之际，海天社出我意料地又提出了新的要求：要柳某把"本色文丛"继续搞下去，而且不排除"做到一定规模"的可能……看来，我最初的感觉没有错：海天社确有散文情结，不是系于一般散文的"情结"，而是系于"文化散文"的情结。而且，也不仅仅于此一点点"情结"，而是一种意愿，一种志趣，一种谋划，一种努力的方向，一种执着的决断。

果然，最近我从海天社那里得到确认，他们要在深圳这块物质财富生产的宝地上，营造出更多的郁郁葱葱的人文绿意，这是海天社近年来特别致力的目标。

在物欲横流、急功近利、浮躁成性、人文精神滑落、正能量价值观有时也不免被侧目不顾的社会环境中，在低俗文化、恶俗文化、恶搞文化、各种色调的（纯白的、大红色的、金黄色的）作秀文化大行于道、满天飞舞的时尚中，在书店一片倒闭声中，有一家出版社以人文文化积累为目的，颇愿下大力气，从推出"世界散文八大家"丛书再进而打造一套"本色文丛"，这种见识、这份执着、这份勇气是格外令人瞩目的。

海天出版社要的文化散文，不言而喻，即文化人的精神文化产品。关于文化人，我在前序中有过这样的理解：主要是指有作家文笔的学者与有学者底蕴的作家。如果说"本色文丛"第一辑的作者，基本上是前一种人，第二辑则基本上都是第二种人。这样，"本色文丛"总算齐备了文化散文的两种基本的作者类型，有了自己的两个主要的基石，形成了一个初步的平台。

不论这两种类别的人有哪些差别，但都是以关注社会的人文状况与人文课题为业。其不同于以经济民生、科技工艺、权谋为政、运营操作为业者，也不同于穿着文化彩色衣装而在时尚娱乐潮流中的弄潮者，也可以说，这两种人甚至是以关注人文状况与人文课题为生，以靠充当"精神苦役"（巴尔扎克语）出卖气力为生，即俗称的"爬格子者"。他们远离社会权位和财富利益的持有与分配，其存在状态中也较少地掺和着权谋与物质利益的杂质，因而其对社会、人生、人文，对自我、对人生价值也就可能有更为广泛，更为深刻，更为真挚的认知、感受与思考。

在时下这个物质功利主义张扬、人文精神滑落的时代环境中，且提供一些真实的，不掺杂土与沙子的人文感受、人文思考，为我们这个时代留下一份份真情实感的记录，留下一段段心灵原本的感受，留下一幅幅人文人生的掠影，这便是"本色文丛"所希望做到的。

柳鸣九

2014年1月于北京

总序三

存在决定本质。

本质不是先验的，不是命定的，而是创造出来的，是发展出来的，是作出来的，做出来的，是自我选择的结果，是自我突破与自我超越的结果。对于一个人的发展是如此，对于"本色文丛"何尝不是如此。

"本色文丛"已经有了三辑的历史，参加三次雅聚的已有二十四位才智之士。本着共同的写作理念，各献一册，异彩纷呈，因人而异，一道人文风景已小成气候。而创建者海天出版社则面对商品经济大潮、低俗文化、功利文化与浮躁庸俗风气的包围，仍"我自岿然不动"地守望人文，坚持不懈。合作双方相得益彰，终使"本色文丛"开始显露了自己的若干本色。最为明显的事实是，参加本"文丛"雅聚的终归就是两种人——即具有作家文笔的学者与具有学者底蕴的作家。这构成了"本色文丛"最主要的本色。以学者而言，散文本非学者的本业，对散文写作有兴趣而又长于文笔、乐于追求文采者实为数甚少；以作家而言，中国作协虽号称数十万成员，真正被读书界认为有学者底蕴、厚实学养、广博学识者，似乎寂寂寥寥。"本色文丛"所倚仗的虽有这两种人，但两者加在一起，在爬格子的行业中也不过是"小众"，形成不了一支"人马"，倒有点 elites（精英）的味道了。这是中国文化昌盛、文学繁荣的正常表征，还是反映出文化、文学现状的底气不充足、精神不厚实，我一时还不好说。

实事求是地说，我个人在"本色文丛"中的"潜倾向"是更多地寄希望于"有作家文笔的学者"，这首先与我职业的限定性与人脉的局限性有关。我供职于学术研究单位，本人就是学林中的一分子，活动在学者之中较为便利，较为得心应手；而于作家界，我是游离的、脱节的，虽然我也是资深的作家协会会员，是两届作家代表大会的代表。但更为重要的是我对散文随笔的认识（或者说是"偏见"）所致，在我看来，散文随笔这个领域本来更多的是学者的、智者的、思想者的天地。君不见散文随笔的早期阶段，哪一位开拓了这片天地的大师不都是这一类的人物？英国的培根、法国的蒙田、美国的爱默生……也许，因为散文随笔的写作相对比较简易、便捷，不像小说、诗歌、戏剧那般需要较复杂的艺术构思，对于笔力雄健、下笔神速而又富有学养的作家而言，似乎只是"小菜一碟"，于是，作家中有不少人也在散文随笔方面建树甚丰，如雨果、海涅、屠格涅夫以及后来的马尔罗、萨特、加缪等。马尔罗是先有小说名著，后有散文巨著《反回忆录》；萨特与加缪，则一开始就是小说、戏剧创作与散文写作左右开弓的。不管怎样，主要致力于形象创造的作家，如果没有学者的充沛学养、丰富的学识，没有哲人、思想者的深邃，在散文随笔领域里是写不出一片灿烂风光的。

以文会友之聚的参加者是什么样的人，自然就带来什么样的文，自然就带来什么样的文气、文脉、文风、文品，甚至文种。"本色文丛"的参与者，不论是有作家文笔的学者，还是有学者底蕴的作家，其核心的特质都是智者，都是学人，都是真正意义上的文化人。而不是写家、写手，更不是出自其他行当，偶尔涉足艺文，前来舞文弄墨、附庸风雅一番的时尚达人。因而，他们带来的文集，总特具知性、总闪烁着智慧、总富含学识、总散发出一定的情趣韵味。如果要说"本色文丛"中的文有什么特色的话，我想，这大概可以算吧！对此，我不妨简称为学者散文、知性散文。我把"学者"二字作为一种散文的标记、"徽号"，并没有哄抬学者，更没有贬低作家的意图与用意。以"学者"来称呼一个作家，或强调一个作家身上的学者的一面，绝非贬低，而是尊敬。刘心武先生在他的自我简介中，干脆就把自己的学者头衔置于他的作家头衔之前，可见他对自己的学者身份的重视。我想，这是因为他从自己的"红学"研究里，深知"学"之可贵、"学"之不易。我且不说"学"对于人的修养、视野、深度、格调的重要意义，即使只对狭义的具体的写作而言，其意义、作用也是不可估量的。

学者散文的本质特征何在？其内核究竟是什么？其实，学者散文的内核就是一个"学"字，由"学"而派生出其他一系列的特质与元素。有了"学"，才有见识，才有视野，才有广度，才有大气；有了"学"，才有思想闪光，才有思想结晶，才有思想深度，才有思想力度；有了"学"，才有情趣，才有风度，才有雅致，才有韵味。从理论逻辑上来说，学者散文理当具有这些特质、优点、风致，至于实际具有量为多少，程度有多高，是因人而异的。其取决于每个人不同的经历、学历、学养、学科背景、知识结构、悟性、通感、吸收力、化解力、融合力等主观条件。

就人的阅读活动而言，不论是有意地还是无心地去读某一部、某一篇作品，总带有一定的需求与预期，总是为追求一定的愉悦感与审美乐趣才去读或者才读得下去的。如果要追求韵律之美、吟哦之乐，以及灵魂与主观精神的酣畅飞扬，那就会去找诗歌；如果要观赏社会生活的形象图景、分享人物命运际遇的悲欢苦乐，那就会去找小说与戏剧。那么，如果读的是散文随笔，那又是带着什么需要、什么预期呢？散文随笔既不能提供韵律之美、吟哦之乐，也不能提供现实画卷的赏鉴之趣，它靠什么来支付读者的阅读欣赏的需求？它形式如此简易，篇幅如此有限，空间如此狭小，看来，它只有靠灵光的一闪现、智慧的一点拨、学识的一启迪了。如果没有学识、智慧与灵光，散文随笔则味同嚼蜡矣，即使辞藻铺陈、文字华美。而学识、智慧与灵光，则本应是学者的本质特征与精神优势。因此，在散文随笔天地里，自然要寄希望于学者散文，自然要寄希望于学者写散文，自然要寄希望于多多展示弘扬学者散文了。

这便是"本色文丛"的初衷、"本色文丛"的"图谋"、"本色文丛"的宿愿，而这，在物欲横流、人文滑坡、风尚低俗、人心浮躁的现实生活里，未尝不是一股清风、一剂清醒剂。

柳鸣九

2015年9月8日于北京

自　序

　　我退休前的职业是翻译，细说是笔译，从中文译法文，而且主要翻译的是政治性文本。业余时间，从法语到母语，也翻译了一些文学和学术著作。这两项，不妨说是"代圣贤立言"。彼时不算太老，行之尚有余力。因读书阅世，时有所悟，觉得可以写出来，或如郑板桥所云，"有些好处，大家看看"。于是撰文投稿，幸蒙发表。积少成多，居然也够出一本"自选集"的素材了。

　　借此机会，重温旧作，发现这些文字多半围绕四个主题展开：品茶，以及上海、北京和南京的旧事与风情。鄙人虽爱喝茶，与茶道其实隔膜，不太讲究茶艺馆标榜的茶和水的品级，以及泡茶的繁文缛节，喜欢的是平民茶馆或茶座的气场。所"品"者，更多是环境、心情和伴侣。

　　作为地道的市民，我从小对市井小民的生活怀有浓烈的兴趣。如同有人收藏文物、古籍、老照片，我喜欢从杂书中收罗一些城市的往事旧闻，然后对照当今现实，发一些感慨和议论。重点难免关注父母之居的上海，安身立命的北京，但是引发感慨最多的却是南京。个中自有道理。

中学时代免不了要读古典小说。说来也惭愧，连《红楼梦》也是读过一遍以后，没有兴趣通读第二遍。后来读到不入"四大名著"之列的《儒林外史》，却爱不释手。直到现在，每隔一段时间总要抽出几回重温一遍。《儒林外史》虽为儒林中的人物写照，他们活动的背景却是当时江南第一大城南京的市井。我愿意相信，此地"菜佣酒保皆有六朝烟水气"。反过来，儒林也是不脱人间烟火气的。

大学时代读到《桃花扇》，是又一次遭遇文学作品中的南京，又一次惊喜。复社诸君，自是浊世翩翩佳公子，说书的柳敬亭、教曲的苏昆生却是市井中人。从而知道有一本叫《板桥杂记》的书，在当时的条件下遍觅不得，直至很多年以后才到手。那种阅读经验，堪称"惊艳"。同时收罗有关南京的现代文学作品：俞平伯、朱自清的名文，鲁迅和周作人的回忆，张恨水、叶灵凤乃至张爱玲等的小说。就这样，对南京，出于一种文化趣味的认同，我有点一唱三叹的意思了。

当然，只有纸上功夫，没有现场感受，也是无从"唱叹"的。感谢挚友韩沪麟君——我每次小住南京的东道主——没有他的盛情与厚爱，我必写不出《秦淮河里的船》那篇文章和这本书。

秦淮河里的船

　　1923年8月的一个晚上，朱自清和俞平伯"在茶店里吃了一盘豆腐干丝，两个烧饼之后，以歪歪的脚步踅上夫子庙前停泊着的画舫"，开始他们的秦淮夜泛。从"夜泊秦淮近酒家"的杜牧开始，发现一代又一代的中国读书人心里无不对"菜佣酒保都有六朝烟水气"的金陵，尤其对这条涨腻的弃脂水，怀有一股柔情。秦淮河的全盛时期，当推明代万历年间直到《板桥杂记》和《桃花扇》所记的时代。其时江南承平，财力充裕，妓业带动了游船业和各种水上娱乐，尤以灯船为世所艳称。

　　《板桥杂记》载：

　　秦淮灯船之盛，天下所无，两岸河房，雕栏画槛，倚窗丝障，十里珠帘。客称既醉，主曰未归。游楫往来，指目曰某名姬在某河房，以得魁首者为胜。薄暮须臾，灯船毕集。火龙蜿蜒，光耀天地。扬槌击鼓，踏顿波心。自聚宝门水关至通济门水关，喧阗达旦。桃叶渡口，争渡者喧声不绝。余作《秦淮灯船曲》中有云："遥指钟山树色开，六朝芳草向琼台。一园灯火从天降，万片珊瑚驾海来。"……

记秦淮灯船最有名的诗作，为同时杜濬的《秦淮灯船鼓吹行》。内称，张居正执政时，秦淮河上伐鼓吹笙犹未盛："江陵此日富强成，圣人宫中奏云门。后来宰相皆福人，普天物力东南倾。……旧都冠盖例无事，朝与花朝暮酒暮。水嬉不待二月半，袚服新装桃叶渡。高楼夹水对排窗，卷起珠帘人面素。腾腾更有鼓音来，灯船到处游船开。烛龙但恨天难夜，赤凤从教昼不回。"文恬武嬉数十年，终于渔阳鼙鼓压倒了桃叶渡上的笙鼓。名士青山，美人黄土，欢乐场化为瓦砾堆。至康熙年间虽复苏，然已大不如昔。戴名世《忧庵集》：

秦淮五月之灯船最擅名，余往见词人之诗歌乐府，所以称美之者甚至。及侨寓秦淮数载，常得见之。然亦无奇者，其船或十余，少亦有四五，船之两旁各悬琉璃灯数十，灯或皆一色。船尾置一大鼓，船顶覆以白绢。船中凡一二十人，两旁列坐，各执丝竹奏之，鼓人击鼓节之。凉棚者，秦淮小舟之名也。是时凉棚无算，来游观者，各集宾客数人，赁凉棚，饮酒，随灯船上下。两岸河房皆张灯，帘栊纱窗之间，红妆隐跃。此沿故时承平之习，父老谓其衰减于曩日，已不啻数倍矣。

　　至乾隆年间，又复兴，但是有关这一时期的记载都没有提到鼓声。珠泉居士《续板桥杂记》："自十余年来，户户皆花，家家是玉，冶游遂无虚日。丙申（1776）丁酉（1777）夏间尤甚。由南门桥迄东水关，灯火游船，衔尾蟠旋，不睹寸澜。""端午龙舟，倾城游赏，极一时之盛矣。"嘉庆年间，踵事增华。捧花生《画舫余谭》："画舫……更为华靡。前后悬袅风灯，皆嵌白玻璃，覆以珠络，仿佛似花篮。丈尺之地，多可至五六十盏。羊角者，弗屑用也。每际盛暑，抬去席篷，别以西洋印花布，如舫之大小，制作篷式，四角安铁柱张之。避露透风，且益轻捷。若夫舫中器什，罔不精良。稍有未备，不特无人租赁，即舟子亦自顾减色。"

　　文中提到"羊角"，即羊角灯，近人夏仁虎《秦淮志·灯船》："案：羊角灯者，昔为金陵特产，用羊角熬煎成液，和以彩色。凝而压薄成片，谓之明瓦。金陵街市，有明瓦廊，皆制此者也。联缀明瓦而成灯，透光明，无火患，且不脆裂，故清代宫中亦用之。前辈灯船赋多称羊灯，盖指此，非指羊脂蜡炬也。"此一"前辈",当指钟惺,见《秦淮灯船赋序》:"小舫可四五十只,周以雕槛,覆以翠帷。每舫载二十许人,人习鼓吹,皆少年场中人也。悬羊角灯于两旁,略如舫中人数,流苏缀之。"又,石三友《金陵野史·明瓦廊古商道》(江苏人民出版社,1985年):"明瓦是民间盖房嵌于窗户或天篷上的一种透明瓦,用半透明的蛎、蚌等物的壳,磨成薄片制成。"两位南京土著在这里打架,我们外乡人不知道该听谁的。

画舫可用于宴客。仍引《画舫余谭》:

凡有特客,或他省之来吾郡者,必招游画舫以示敬。……主人预计客之多寡,或藤棚,或走舱(大船曰走舱,小船曰藤棚:见甘熙《白下琐言》),赁泊水次,临时速客共登。大半午后方集,早则彼美朝酣,梳掠未竟,无可省览。另以小舟载仆辈于后,以备装烟、问话。盘餐或从家庖治成,或用朱红油盒子担至码头,伺船过送上。或择名馆如便宜、新顺之类代办,以取其便。又或佣外间庖人载以七板儿两只,谓之火食船。一切盘盂刀砧、醋醢酱瓿、乌银琼屑,以及僵禽毙兽,果蓏、椒、豉、葱薤之属,堆满两腊。烧割烹调,唯命是听。

"七板儿"，还有"瓜皮"，是种小船，"只供南北往返之需，既免徒步之劳，亦避蒸热之苦。其值无多，而其用甚便"。

此一时期，河中还有渔船："工人驾舴艋，一则板桨，一则张网，顺流捕鱼，鲤居其半。得即卖诸画舫中，名曰秦淮鲤，汲淮水烹之殊佳。"

咸丰三年（1853）太平天国攻陷南京，改其名为天京，在全城实行军事共产主义制度。妓业与画舫，自在取缔之列。王韬在光绪五年（1879）为《白门秋柳记》写的跋语中说："咸丰癸丑，惨遭赭寇之乱，据为盗窟者，十有二载。秦淮河房旧址，荆榛塞道，瓦砾堆阶；清溪遗迹，徒剩磷照狐鸣。"同治三年（1864），湘军攻占天京，曾国藩由安庆进驻江宁。黄裳先生在一篇文章中说："曾国藩在镇压了太平天国起义以后，第一件紧急措施就是恢复秦淮的画舫。他不再顾及'理学名臣'的招牌，只想在娼女身上重新找回封建末世的繁荣，动机和手段都是清清楚楚的。"窃以为此论太苛。曾国藩抓的第一件事是举行乡试，使各地士子云集南京，以刺激市面的繁荣，如"文化搭台，经济唱戏"。恢复秦淮画舫也是出于同一目的。而且传闻异辞，据欧阳伯元所述曾氏逸事，他只是促成其事，并非策划者：

当时江宁知府涂朗轩，名宗瀛，为理学名臣。方秦淮画舫恢复旧观也。涂进谒文正，力请出示禁止，谓不尔，恐将滋事。文正笑曰："待我领略其趣味，然后禁止未晚也。"一夕，公微服，邀钟山书院山长李小湖至，同泛小舟入秦淮，见画舫蔽河，笙歌盈耳，红楼走马，翠黛敛蛾，帘卷珍珠，梁饰玳瑁。文正顾而乐甚，游至达旦，饮于河干。天明入署，传涂至，曰："君言开放秦淮，恐滋事端。我昨夕同李小翁游至通宵，但闻歌舞之声，初无滋扰之事，且养活细民不少，似可无容禁止矣！"涂唯唯而退。（蒋星德《曾国藩之生平及事业》）

曾国藩讲理学而不假道学，自比涂知府高明。

此后，稍复旧观。仍引王韬："游船往来，踏波乘浪……两岸笙歌，一堤烟月。承平故态，父老犹有见之流涕者。"嗣后，一度又有禁娼之举，殃及游船业，引出我们这位"淞北玉魫生"又一番感叹："野鸭飞鸳，一齐痛打，月碎花残，在所不免……夫秦淮之有绿篷船，原所以点缀烟波，流连名胜，诚穷乏者之养济院也。一旦绝之，无以为生，惟有号寒啼饥而已。"

降至民国，朱自清和俞平伯夜泛秦淮的时代，游船业好夕维持下彩，常年营业，而且大小船只依旧例张灯结彩，还你一个灯影，如那个盛世的袅袅余韵。

朱自清的名文提到秦淮河上几种类型的船为大船、小船，即"七板子"、茶舫、歌妓船：

秦淮河里的船，比北京万生园、颐和园的船好，比西湖的船好，比扬州瘦西湖的船也好。这几处的船不是觉着笨，就是觉着简陋、局促，都不能引起乘客们的情韵，如秦淮河的船一样。秦淮河的船约略可分为两种，一是大船；一是小船，就是所谓"七板子"。大船舱口阔大，可容二三十人。里面陈设着字画和光洁的红木家具，桌上一律嵌着冰凉的大理石面。窗格雕镂颇细，使人起柔腻之感。窗格里映着红色蓝色的玻璃；玻璃上有精致的花纹，也颇悦人目。

河中另有比大船更大的楼船，朱文没有提及，夏仁虎《秦淮志》载：

楼船俗呼楼子船，盖始于光绪初。……时水师改编新制，旧日长龙船皆无用。（曾国藩）命悉用廉价，售与秦淮舟子。舟人各出新意重装之。船身既长大，于鹢首为门舱，以处仆从。客厅、餐室、书房，以次罗列。斐几湘帘，位置楚楚。再次为密室。卧榻与浣濯便旋之所，鲜弗备。末为舵楼，可以升高眺远。夕阳既落，晚风徐来。鹣鲽双双，倚阑絮语，望之如在天上矣。船之两旁，各留便道。捧茗进馔，不须阑入舱中，尤为便利。舟人俗呼曰：大边港。

此一"军转民"的长龙船，本为水师作战主力。王定安《曾国藩事略》记湘军水师营制："每营置快蟹一，营官领之；长龙十，曰正哨；三板十，曰副哨。快蟹桨工二十八人，橹八人；长龙桨工十六人，橹四人；三板桨工十人。"

庞然大物般的长龙船在秦淮河中如龙困浅水，皆不能远行，或终日不动，等于活动之水阁而已，它们曾是豪客召妓、宴集之所，"群花毕至"后酒肉蒸腾，丝竹竞作，花香人气，四座氤氲。但它们的下场却很滑稽，夏仁虎《秦淮志》又载：

国都南迁，过江名士多于鲫鱼。省垣居宅，坑谷皆满。尝有赁楼船为寓室者，即在水一方，不必牵舟上岸也。沈小五舟，向泊东关头，即编为河道第几号，隶于水上警察，一舟而容六姓。门舱一家，为炸油环者，终日油烟突突。以次诸家，或饲鸡于窗，或喂豚于榻。终一舱较整洁，盖某署之职员也。然旧日晶窗，皆遮以芦席或板片，而用旧报纸裱糊之。询其何处为炊，曰门舱之炸油环者，可为人备饔飧也。

楼船的另一种下场，是改作歌场：

凡楼船之居宅者，其较完整者也。其更残败者，或为歌场，泊于夫子庙前。夕阳既落，金鼓召客。大致为剧场不收之伶，与飘泊无依之妓。一般市井，趋之若鹜，以价廉也。自贡院一带，歌场林立，其业亦废。

此歌场，即朱自清文中提到的茶舫：

秦淮河上原有一种歌妓，是以歌为业的。从前都在茶舫上，唱些大曲之类，每日午后一时起，什么时候止，却忘记了。晚上照样也有一回，也在黄晕的灯光里。我从前过南京时，曾随着朋友去听过两次。因为茶舫里的人脸太多了，觉得不大适意，终于听不出所以然。前年听说歌妓被取缔了，不知怎的，颇涉想了几次——却想不出什么。这次到南京，先到茶舫上去看看，觉得颇是寂寥，令我无端的怅怅了。不料她们却仍在秦淮河里挣扎着，不料她们竟会纠缠到我们，我们于是很张皇了。她们也乘着"七板子",她们总是坐在舱前的。舱前点着石油汽灯,光亮眩人眼目:坐在下面的,自然是纤毫毕见了——引诱客人们的力量,也便在此了。

河里最活跃的是"七板子"。朱自清又言及:

"七板子"规模虽不及大船,但那淡蓝色的栏干,空敞的舱,也足系人情思,而最出色处却在它的舱前。舱前是甲板上的一部,上面有弧形的顶,两边用疏朗的栏干支着。里面通常放着两张藤的躺椅,躺下,可以谈天,可以望远,可以顾盼两岸的河房。

七板又写作"漆板",不愧为一种多功能船。除了充作伙食船,如上文所引《画舫余谭》所记,还充当"局船"。夏仁虎《秦淮志》:"局船,亦漆板类,但较简朴耳。打桨迎挑,由来久矣。此类船专以接送妓女为任,往来如织。旧日妓家,多有专雇之船。"我们不由想到《桃花扇》第八出《闹榭》的下场诗:"秦淮一里盈盈水,春帆夜半送美人。""春帆"当然是虚写的。

朱自清文中的"歌舫",夏仁虎称之为"卖唱船":"官府禁娼，而不废歌女。零落曲师养一二贫家小女，教之歌，赁破旧小船沿河卖唱。遇有游客，即持扇强嬲不已。掷以小银一角即去。"

朱自清、俞平伯两位遇到的卖唱船上的伙计不是持扇，而是"拿着摊开的歌折"，硬塞到他们手里，要他们点歌。两位都拒绝了。朱自清说是"受了道德律的压迫"。"道德律的力，本来是民众赋予的；在民众面前，自然更显出它的威严了。我这时一面盼望，一面却感到了两重的禁制：一，在通俗的意义上，接近妓者总算一种不正当的行为；二，妓是一种不健全的职业，我们对于她们，应有哀矜勿喜之心，不应赏玩的去听她们的歌。在众目睽睽之下，这两种思想在我心里最为旺盛。它们暂时压倒了我们听歌的盼望，这便成就了我的灰色的拒绝。"而俞平伯之所以拒绝，是因为他同情、尊重、爱着那些歌女，有他的老师周作人的诗为证："我为了自己的女儿才爱小孩子，为了自己的妻子才爱女人。"他以为听歌是对歌妓的一种侮辱。

这两位的想法，今天看来都有点怪，拒绝的结果则是断了歌妓的财源，危及她们的生存。同一时代，胡适在北京遇见一16岁的人力车夫，怜他年纪太小，不忍坐他的车。车夫告曰："我半日没有生意，我又寒又饥。你老的好心肠，饱不了我的饿肚皮。"胡适没有告诉我们他怎样走出这个两难处境。朱自清的自律和俞平伯的人道主义，恐怕也有悖仁者之心，合情合理的办法，应是"掷以小银一角"。恨无老南京如夏仁虎先生者在一旁指点。

时代总在进步。到20世纪90年代，鬻歌的女郎早就卸下"白地小花的衫子，黑的下衣"。下焉者换一身新潮时装或名牌套装，在歌厅里献艺，名叫歌手；上焉者经过"包装"，更是珠光宝气，仪态万方，不折不扣的一曲万金，人称歌星。对于整个社会，听歌是一种正当娱乐，不过也是一种高消费。

朱自清夜泛秦淮那一年才25岁，大学毕业不久，在浙江温州中学当国文教师。时值1994年，假设一位20多岁的中学教员来到夫子庙前，他再也找不到卖豆腐干丝和烧饼的小茶店，但可以在几家老字号餐馆吃到更精致的点心。对他来说，最实惠的还是在泮池前的大排档就座。然而他看不见这个全国唯一利用天然水道凿成的泮池，更看不见南岸上全国最长的红墙大照壁。原来这里安装了音乐喷泉，北岸的石栏杆前和文德桥东侧竖起蛇皮尼龙布的屏障，挡住游人的视线。他只得掏钱买票入场，里面有看台，设茶座，而且游船码头就在看台脚下。昏黄的灯光下，泊着几条支着篷顶的小船，船舱两侧如幼儿排排坐吃果果，各有五六个座位。不是七板，当它七板。问询票价，倒是不贵，才5元。他窃喜，上船。待凑齐一船人，便开船，荡向波心，兜一个圈子，西不过文德桥，东不到文源桥，就回来了。他不由失笑：这也叫秦淮夜泛。他上岸，也以歪歪的脚步趔上贡院街，置身繁华的夜市，融入熙攘的人流。几家歌厅闪着霓虹灯的门面引他瞩目。他动了听歌的雅兴，自然不会有道德律来压迫，经济律却和他过不去。比较门票价、最低消费价和自己钱包中剩下的几张钞票，他终于没有进去。他知道，歌厅里转动的五色灯光下，伸出涂着蔻丹的纤纤玉指执住话筒的歌手——不是"商女""歌妓"，更不是"铁蹄下的歌女"——她一夕的收入抵得上自己半个月的工资。他想，或许也公平。历来的读书人、士，虽然对弱者表示同情，同时也在寻找、品味自身的优越感。天道轮回，现在让知识分子也做一回弱者吧，至少在经济上。

说不尽的金粉秦淮

一

叶兆言想为 1937 年的南京大屠杀写一部纪实体小说，最后写成的却是一部爱情小说。在战争的背景下，爱情往往显得非常滑稽。尤其是这部名为《一九三七年的爱情》的男主人公——精通十几国外语的大学教授丁问渔先生，其爱情更显滑稽。这位手持司的克、常年戴一顶红色绒线帽的浪荡公子本是风月场上的老手、花街柳巷的熟客，竟对一位名门千金、有夫之妇、陆军司令部机要员任雨媛动了痴情，爱得死去活来。精诚所至，金石为开。他终于在南京城破前夕与心上人有一夜的缱绻，但在守军突围时中了日军的机枪子弹，死在长江边上。

故事是虚构的，背景却是实在的。小说家自称，他为写这部书下的资料功夫，不亚于他念研究生时写论文。执笔的时候，耳际常常回响着蔡琴唱的那首委婉动听的《秦淮河畔》：“今夜有酒今夜醉，今夜醉在秦淮河畔。月映波底，灯照堤岸，如花美眷倚栏杆……"

1927 年北伐成功，国民政府建都南京，开始大规模地市政建设。1929 年举行奉安大典，为将孙中山的棺木从下关迎至陵园，专门开辟了中山大道。达官贵人卜居空旷的北城，盖起一栋又一栋小洋楼。秦淮河流过的南城仍是最繁华的商业区，尤其是娱乐区、"红灯区"。

1937 年的南京，官方统计的人口数为 945544 人。国民政府明令禁娼，然而禁娼喊得越响，娼妓反而越多。天知道秦淮河畔有多少私娼，不过她们的公开身份是旅馆服务员、饭馆女招待、舞女、歌女。饮食男女，联在一起，如同那副有名的对联所言："近夫子之居，食不厌精，脍不厌细；傍秦淮左岸，与花长好，与月长圆。"

南京是有名的火炉，报纸上说秦淮河是市内最好的避暑场所。卢沟桥的炮声压不倒秦淮河上的彻夜笙歌。周围住户被吵得没法睡觉，叫苦不迭。"结果警察厅不得不出面干涉，先礼后兵，贴了布告出去，晓以大义，然后再派警艇数艘，往来逡巡。于是秦淮河上叱燕惊莺，一次捕获陪客游船的歌女及形态猥亵之女性，计达四十名之多。"在游客或是醉生梦死，在歌女本是为了生存：总之是燕巢危幕，不知大厦之将倾。

二

南京人陆咏黄于城破前在乡间养病。城破七月后，因资斧将罄，不得已忍辱归来，蛰处十一月，凡所闻见，无不触目惊心。他留下一本《丁丑劫后里门闻见录》。

金陵龙蟠虎踞，形势天成。自建都以来，道路广辟，市廛宏开，其间公私建筑，不知费去若干亿万，蔚成大观。乃经倭夷一炬，半成焦土……

城中被灾之区极广，繁盛地方较重。除划难民区之区域外，无不受劫火之洗礼。其中幸免者，则中华门以西之门西区域，近鼓楼之北门桥大街一带。受灾最重者，则由太平路经朱雀路，至夫子庙一带。中华门以东之门东地方，以日寇之先锋队系由通小火车之雨花门攻入，受灾亦巨……

一泓淮水依然绿，两岸烧痕不断红：此余戊寅夏返里后第一次到夫子庙，所得之印象。自东牌楼起，迄大中桥止，巡视一周，其间屋宇之被毁者，约十之六七。有名建筑物，如大成殿、魁星亭、得月台、奇芳阁等，均付一炬。同行友人（曾居危城中者），语余云：城陷日，夫子庙一带大火，以大成殿为中心，东至龙门街，西至瞻园路，南至秦淮河，更延及河之对岸石坝街，沿河房屋，成为大火焰场。现在所有房屋，多系陆续兴建者，且十之七八，尚系用白铁芦席搭成。大成殿前后左右，则建有三四百所木棚，开设各类荒货小铺。沿路边，复有多数货摊。奎光阁就原址重建，仅有沿街一进。奇芳阁则移于贡院西街，卫巷口之一平房内。飞龙阁尚存，开设荒茶馆。东行至龙门街口，雪园、六朝居、明远楼等，一带房屋尚如故。更东行直至桃叶渡口，如太平洋、六华春、海洞春等房屋，亦幸免于厄。经桃叶渡口北行，至淮清桥及建康路东段，即奇望街至大中桥一段，则颓垣断壁，触目皆是，又呈一片凄凉景象矣。

"硬件"毁了不少，"软件"照常运转。

商业分布状况：大成殿附近，则有各种日用品货摊、古董摊、旧书摊、小食品店、露天游艺场、打高尔夫球赌博摊。贡院西街，则有茶寮、酒肆、古董铺、日本商店。龙门街以西之贡院街，商铺种类同西街。其东有电影院（原首都戏院，为日商占有）、押当店（日商）、京戏场、书场、大酒菜馆、妓馆（十余处）及洋货铺等。而鸦片售吸所，则在东牌楼附近巷中。

晴日午后一时至六时，游人麇集，不异当年。所不同者，众头攒动中，有腰挂倭刀之武士，足蹦木屐之粉人（日本妇女喜敷粉，如无锡产之泥阿福）。其行踪所及，多在古董铺及路旁荒货摊，或茶寮酒肆中。伪机关复高揭五色国旗，伪电台则广播醉人音乐。晚间则另有一番景象。电灯也放光明，书场戏场之锣鼓喧天，酒馆妓馆之笙歌盈耳，又是一般毫无心肝，发不义之财之市侩，与为虎作伥，面染烟色之群奸陶情行乐时也，哀矣。

我们不能把秦淮河比作从涅槃中再生的火凤凰，但是它的自我修复能力确实惊人。日伪政权需要粉饰太平，有钱的需要寻欢作乐，有人需要暂时的兴奋或麻醉，而升斗小民，永远有个最现实的生计问题。

三

1942 年的冬天，黄裳从上海经南京、徐州、商丘、界首、漯河、洛阳、宝鸡等地辗转赴四川。他在南京停了三天，后来写了一篇文章记述他对南京的印象。读书人一到金陵，总要发怀古之幽思，所以那篇极为漂亮的文章题为《白门秋柳》，虽然季节是冬天。

到达的当天，他就去秦淮河边走了一圈，看到夫子庙那一座黝黑的亭子矗立在一片喧嚣里面。远远望去，在板桥的后面，是一座席棚式的小饭馆，题着"六朝小吃馆"——好雅致的名字。

桥右面有一棵只剩下几枝枯条的柳树在寒风里飘拂。旧日的河房，曾经作过妓楼的，也全凋落得不成样子了。那浸在水里的木桩，已经腐朽得将近折断。有名的画舫，寂寞的泊在河里，过去的悠长的岁月，已经剥蚀掉船身的美丽的彩色，只还剩下了宽阔的舱面和那特异的篷架，使人一看就会联想到人们泛舟时可以作的许多事情，吃酒、打牌……

第二天下午，他在城北游览了破败的鸡鸣寺、荒凉的扫叶楼，又回到响着歌声弦管的秦淮河畔。吃过饭，无处可去，转念不如去听有名的清唱。茶楼的进门处有"皇军"查验市民证。楼厅里映着雪亮的灯光，悬满了"珠圆玉润"之类的锦额。商女的歌声，使他也起了"烟笼寒水月笼沙"的感叹。

第三天早晨，在离开这个城市前，他又去秦淮河边，按地图找到了乌衣巷。

这里全是一些狭小的房子，贫苦的人家。巷子的尽头，有一片池塘，旁边堆着从各处运来的垃圾。地图上却标着"白鹭洲"，一个雅致的名字。这冬天的早晨，洲边上结了不少冰碴，有几个穿了短短的红绿棉衣的女孩子，伸着生满了冻疮的小手，突了冻红的小嘴，在唱着一些不成腔调的京戏。从那些颤抖着的生硬的巧腔，勉强的花哨里，似乎可以听见师父响亮的皮鞭子的声音。……这就是秦淮，一个从东晋以来就出名了的出产着美丽的歌女的地方。

四

抗战胜利，国民政府还都南京，冠盖云集，免不了灯红酒绿，征歌逐舞。各大饭馆，如六华春、太平洋、老万全、大集成，都雇用妙龄女招待以广招徕。

南京人风雅，好像还有个"六朝情结"。饭馆叫六华春，茶馆叫六朝居，芦席棚里的小吃店也要叫六朝小吃店。"六华春"的字号今天还在用，英文译作 Dynasty Glory，很高明。

叶兆言的小说里，雨媛的父亲、"军界耆宿"任伯晋老人六十初度，寿宴设在六华春。各界名流都来祝寿，小汽车排成长队，最后要调动警察维持秩序。

六华春的"竹叶青"酒有名，利涉桥塊的大集成不仅

"梅花酒"有名，容颜秀丽、举止大方，尤其酒量惊人的女招待雅云女士更有名。

1948年，某机关假座大集成宴客，座中有监察院院长于右任。雅云巧妙周旋，应对有节，连饮十大玻璃杯而不醉，遂令满座大悦。那位美髯公，民国数一数二的书法家亦佩服不已，当场写下一联："玉壶买春赏雨茅屋，座中佳士左右修竹。"上款"雅云女士雅属"，下款"于右任书赠"。此联并非自撰，而是袭用司空图《诗品》"典雅"品的前四句，暗合雅云的名字。从字面看，又符合雅云的职业，更见巧思。老板把对联精裱后，挂在雅云负责的包间里。从此这位"名招"的名声更大了。

与今天灯光昏暗的KTV包房里，专门劝客人喝XO，自己或许只喝汽水的陪酒女郎不同，当年雅云靠的是强光下、众人间的真功夫。而且今天豪客们酒醉饭饱后的余兴是卡拉OK，没有人题诗作对、挥毫泼墨，前辈风流，早成绝响。

人事有代谢，往来成古今，新一代人在乌衣巷里长大，新一代的游客在桃叶渡口怀古，于是秦淮河畔又有新的故事。总而言之，说不尽的金粉秦淮。

又见秦淮

不见秦淮，又近两年了。

1994年的一个夏夜，与南京本地的友人同游夫子庙后，曾在一篇文章中记下当时的印象。文德桥东侧栏杆与泮池北岸的栏杆前搭起蛇皮尼龙布的屏障，因为在泮池里装置了时髦的音乐喷泉，不容白看。游人本为这一曲秦淮水和那一堵全国最长的照壁而来，但是必须掏钱买票看那到处雷同、不值一观的音乐喷泉。喧宾夺主没商量。秦淮河这样的名胜古迹属于全民族的文化遗产，南京人尚且不得独占，竟有某个机关、某个企业，或靠某个机关撑腰的企业来霸占此地，"开发"它的商业价值，好比用宣德炉煮咖啡，颇引我发了一阵牢骚。

今冬重来，很高兴看到那道尼龙屏障撤除了。游人自然可以倚着文德桥的栏杆看风景。泮池的石栏杆前设有兼售小吃的茶座，但是开放性的。买茶当然欢迎，不买茶，只要不占座位，看秦淮水和大照壁是不收钱的。朱红的照壁上有"东渡"两个黄色大字，是香烟广告，略煞风景。附提一笔，这里卖的茶叶蛋极入味，为不才平生所尝最佳者。再想尝尝与茶叶蛋煲在同一个电锅里的卤煮豆腐干，业主，一位中年妇女，说不卖。我一惊。她补充说：豆腐干煮的时间不够。如此诚实的经商作风，真是久违了。一瞬间，我甚至产生错觉，是否又回到《儒林外史》记述的那个市井细民亦以信义为重的时代。

然而贡院街口，奇芳阁下新开的麦当劳把我拉回现实。或许因为是冬天，泮池前的露天茶座冷冷清清，麦当劳却是顾客盈门，春意盎然。奇芳阁是南京城里数得上的老字号饭馆，烧饼和包子（中式快餐）尤其有名。那座黑瓦飞檐的两层仿古建筑的底层改成美式快餐馆，只留下一间极窄的门面卖传统的鸭油酥饼，虚应故事。这是商业竞争的结果，阻挡不住。偶然读到一份南京旧报，才知道作为麦当劳标记的那个红头发、穿红白条纹衣服和黄马甲的卡通人像本是按照规例，如北京王府井南口那家麦当劳一样，高踞在屋顶上的。后经南京市民抗议，才把它撤下来了。王府井的麦当劳本是现代风格的建筑，让那位快乐的小丑悠然自得地坐在屋顶上也就罢了。但是奇芳阁这个字号连同它的仿古建筑已经成为一个历史文化符号，让那个小丑在奇芳阁顶上笑傲秦淮，就不单是一个商业广告，而是具有某种象征意义了。南京人毕竟有文化品位，珍惜自己这个城市的文化传统，至少在这件事上没有让太平洋彼岸的劲风扫尽"六朝烟水气"。

媚香楼记

　　明末乱世，秦淮河上却是说不尽的风流繁华。旧院名妓，个个色艺双绝，相与的又都是一帮意气风发的贵公子，正所谓"家家夫婿是东林"。嫖妓不忘忧国，忧国不碍宿娼，这是那个时代、那个阶层的特殊情形，后人不必苛责。明亡后，名士皆埋骨青山，美人亦栖身黄土。我们只能从余怀的《板桥杂记》抚想当年的鬓香钗影，红巾翠袖。

　　《板桥杂记》云："旧院人称曲中，前门对武定桥，后门在钞库街。妓家鳞次，比屋而居，屋宇精洁，花木萧疏，迥非尘境。"又云："旧院与贡院遥对，仅隔一河。""长板桥在院墙外数十步，旷远芊绵，水烟凝碧，回光、鹫峰两寺夹之；中山东花园亘其前，秦淮、朱雀桁绕其后。"根据这几段文字的提示，旧院的位置应在今白鹭洲公园（中山东花园原址）以北，大、小石坝街一带；与贡院隔河相望。问题出在钞库街和武定桥。今天的钞库街以文德桥南堍为界，与大石坝街对口，武定桥则在钞库街的另外一端。大石坝街想是后来才有的街名。总之，当年那个"红灯区"的范围是相当大的。

李香君的媚香楼在旧院中自然不成问题，具体位于哪个地点，却很难坐实。侯朝宗的《李姬传》只写了半截，没有交代香君的归宿。《桃花扇》的结尾让李香君归隐栖霞山，好事者就在栖霞山造了李香君墓，与原来西湖畔的"宋义士武松之墓"是一样的假货。不过媚香楼总是存在过的。抗战前某年，大石坝街某号发现"媚香楼"界碑，有曲圣之誉的吴梅为此填了一首词，结句为"武定桥边，立尽斜阳"。今天，石坝街与武定桥隔着整整一条钞库街，吴梅填词时大概想的是《板桥杂记》，以武定桥泛指旧院，否则是合不拢的。江苏一位作家前几年去那里踏看过。于她的印象，那是一所破旧的大杂院。

又一说，不知起于何时，媚香楼在钞库街三十八号，即今天南京的李香君故居陈列馆馆址。不管是真是假，这所三进两院的清代木结构住宅本身在建筑史、文化史上都是有一定价值的。进大门为一饰有山石花木的小天井。左侧开一圆门，入内有一广庭，庭南、北各建一厅，南为思远堂，北为话雨轩。这一部分建筑归秦淮区老干部局使用，不开放。穿过话雨轩，后进的正宅被认为是李香君的妆楼。楼下东西厢房展出与《桃花扇》及孔尚任有关的资料，"秦淮八艳"的图赞等。从堂屋中央的木楼梯上楼，楼上西间是香君的琴房，设一琴及书桌、香案等物。东间是卧房，少不了梳妆台和硬木大床。床上叠着仿古的锦被，挂的帐子却是白色罗纱的现代生活用品。其实应该换上绣花帐子，帐额上绣折枝桃花更妙。出琴房的后门为一过道，直通东首卧房的后门。从卧房前门出去，又回到楼梯口。

总之，陈列的内容显得单薄，尤其遗憾的是无一明代的实物。游客下楼，发现堂屋后身还有一间屋子没有涉足。等待他的是一个惊喜：这就是河房，《桃花扇》中丁继之和《儒林外史》中杜少卿住的那种河房。媚香楼的河房是一个精致的大厅，厅内有大理石桌面的硬木桌子和配套的栗色方凳，卖上好的盖碗茶。游客可以坐下来品茗，也可以推开落地长窗，凭栏观赏秦淮河的流水、岸柳、画舫、桥梁、亭台楼阁的倒影。

河厅右侧是厨房，游客能瞥见一角灶头。这里供应全套的"香君小吃"，当然要预订。有博物馆性质的陈列馆兼营饭馆，倒是首创。当年旧院的饮食讲究是有名的，今天夫子庙的小吃更是名闻遐迩。不过不妨以茶代酒，权以风景和历史当下酒菜，回味将近四百年前，"每当夜凉人定，风清月朗，名士倾城，簪花约鬓，携手闲行，凭栏徙倚"（《板桥杂记》）的盛况。

夫子庙的歌女

酒楼里，自古就有歌舞妓侑酒助兴，实行"三陪"。唐朝的商女在秦淮河上的酒家唱《后庭花》。据《东京梦华录》，宋朝汴梁的各大酒店"向晚灯烛荧煌，上下相照，有浓妆妓女数百，集于主廊檐面上，以等沽客呼唤，望之宛若神仙"。茶坊里鬻歌，不知始于何代，唯其鼎盛时地，当推民国时代的南京夫子庙。

茶社是有中国人传统的惠而不费的休闲场所。夫子庙茶社的歌女不唱当时的流行歌曲，如"桃花江，桃花江是美人窝，桃花千万朵，比不上美人窝"，而是传统的京剧——那时候叫平剧。别人称呼她们，也就遵循梨园行的习俗，为某老板而不是某小姐。在台上她们穿旗袍，不着袒胸露肩的西洋裙装。

张恨水的小说《满江红》写歌女桃枝与画家于水村的恋爱故事。他是记者出身，观察精当，写地理、建筑、家具、服饰、饮食、物价等，皆有所据。桃枝献艺的清唱茶馆叫

"六朝居"，确有此地。小说中的这家茶馆开在楼上，正面有一大小见丈的雏形戏台。台正中放一张系绣围的小桌子，桌上置两个玻璃罩，罩着电灯，歌女身后列文武场面，和戏台上一样。台下，与普通茶楼相同，摆着许多方桌、方凳的茶座。台柱上悬一块小黑板，上写歌女姓名和曲目，如《玉堂春》《卖马》《祭江》。没有提到麦克风，可见凭的是真嗓子，真功夫。茶客之意自不在茶。两个人的最低消费价，是两盖碗茶八角，加两角小账，合大洋一元。阔佬或捧角的喝同一盖碗茶，可以值到二三十元。因为他们要点唱，每点一次至少十段，价十元。其实并不要求歌女真的唱十段戏，她应付一段就可以了。这十元钱，茶馆老板与歌女对半拆账。老板另外要付歌女包银。桃枝是红歌女，每月包银一百六十元，加上点歌的拆账，收入是很可观的。另据谢兴尧先生《堪隐斋随笔》，昔日在北方的大鼓书场捧女伶的豪客，争相花钱点曲，一点也是一打两打。看来这是歌场的规矩。

抗战前，一个大学教授的月薪为银元三百元。那时候物价低廉。据过来人回忆（胡耐安《遁园杂忆》），上一趟马祥兴，三四个人谋一醉饱，不过银元三四枚。五六个人在小乐意大吃一顿，所费不过十元，谭延闿赞赏不已的小乐意名菜熏肉，定价不过四角。清炖整鸡一元，竹叶青酒一元三瓶。

红歌女的收入高于大学教授，不过社会地位是不能比的。客人出了几十元钱点唱，就有权到歌女的住处坐坐。歌女多半在夫子庙一带的旅社里包房间，房间的多寡与大小视歌女身份高低而异。再进一步，是阔佬带歌女出去，或接到自家寓所来玩，那就超出一般应酬的范围了。

寻访桃叶渡

在南京大学门口跳上一辆出租车，跟司机说要去桃叶渡。司机不知道这个地名，问怎么走。我根据从书本上得到的知识，说在利涉桥附近。司机又是一愣。于是自己也觉得好笑：虽说当年金陵的菜佣、酒保皆有六朝烟水气，今天的出租车司机却未必都读过《儒林外史》。反正大方向不会错，我就让他朝夫子庙那边开。车到建康路迤东停下，我自己拐入贡院街再往东走，就发现"桃叶渡旅社"的市招，心想在此不远了。

想看一看桃叶渡的遗址，自然是为了王羲之的儿子王献之的那段风流佳话。据说王献之有爱妾名桃叶。桃叶从娘家省亲归来，献之必在秦淮河渡口迎接，歌曰："桃叶复桃叶，渡江不用楫。但渡无所苦，我自迎接汝。"东晋时秦淮河河宽水深，过河需乘渡船或利用称为"航"的浮桥。后来河面变窄，河水变浅，河上架了许多桥梁，不再有渡口，不过桃叶渡的地名一直留下来了。南京人好古，桃叶渡一带虽是棚户区，也不例外。居近古迹，足以为荣。1984年，附近居民集资，在原地立了"古桃叶渡"的石碑。

快走到秦淮与青溪合流处，我还是没有找到那块石碑，倒是在右侧发现一道粉墙和露出墙头的仿古建筑，大门上悬着"吴敬梓纪念馆"的匾额。吴敬梓在南京先住板桥之西的"秦淮水亭"，有贴水的河房。后来穷了，搬到较偏僻的青溪去住。这两个地方离桃叶渡都不远，他写的《金陵景物图诗》中有一首就是咏桃叶渡的。于是我买票进去看看。室内陈列的无非是与吴敬梓和《儒林外史》有关的文物、图片等。室外小园中有走廊、亭台，一片草地，几株桃柳。小楼一椽布置成书房，内有吴敬梓的蜡像作伏案写作状。可惜全馆没有一间河房，倒是靠在阳台上可以闲眺隔岸的河房。其中有家饭馆的厨房，灶火正红，污水怕是排入河内的吧。读嵌在走廊壁上的碑文，获知这个纪念馆是南京市政府斥资300万元于1997年建成的。那块"古桃叶渡"的石碑也在小园一角找到了。

游毕，出门，复东行，南折过桥，即到秦淮河南岸的石坝街。民国时代石坝街是"红灯区"（《桃花扇》中的旧院、长板桥也在这一带），今天是个大型的集贸市场。沿街往西走，将近夫子庙前的文德桥左侧即是有名的乌衣巷。记忆中这是一条陋巷。几年不到，旧貌换新，巷内的房屋翻造成徽州民居的格局，家家粉墙，户户黛瓦。其中一幢是六朝文化博物馆，门额榜曰"王谢故居"。这也罢了。巷口有井，井边房屋的墙上嵌着一块石碑，告诉游人此乃"六朝古井"。新的青石井栏上一道道凹槽，斧凿痕迹犹存，无法使人相信这是千余年来，井绳在石头上留下的印记。在南京，六朝的井栏或许难觅，有几百年历史的实物总还是有的。20世纪80年代初，友人韩君住在鸡鹅巷（"马士英故居"所在，《桃花扇》写马士英在南京城破前夕，携带"十车细软，一队娇娆"出逃）。鸡鹅巷出脚就是市中心珠江路，民居里却没有自来水。居民用水，要到自来水站去买，或到附近的网巾市（也是明朝传下的地名，明朝男子蓄长发，戴的压发帽叫网巾）去提井水。那口井井圈上青苔斑驳，绳痕累累，曾令我大发思古之幽思。乌衣巷口"六朝古井"的井圈，与其新造，不如借用旧物。话说回来，网巾市的那个井圈，除非有有心人保存，否则早就不知何处去了。

乌龙潭纪事

乌龙潭在南京城内盋山前，距清凉山不远，相传晋时常有乌龙出现，故名。唐颜真卿任南京地方官（昇州刺史）时，以此地为放生池，历代皆为游览之地。大凡游之患有三：曰远，曰人太多，曰朝夕经过，视若无睹。乌龙潭僻处石头城一隅，无此三患。

这一区名胜，代有兴废。据《中国历史文化名城词典·南京》"乌龙潭"条目："太平天国革命时，著名文人魏源在此筑一别墅居之，名小卷阿。传说洪秀全的掌印妃子于太平天国失败后改名换姓在此给魏源当女佣，后又在此出家为尼。其所主持之庵称皇姑庵。清光绪七年（1881），两江总督刘坤一在潭中建宛在亭和堤通亭，堤上建有木枋，上题'何必西湖'四字，故又称小西湖。日军侵华期间，亭毁，周围风景破坏殆尽。小卷阿、皇姑庵等建筑尚存。新中国成立后，沿岸植柳、架桥，建为风景区。"

笔者曾冒暑来游，乌龙潭今已辟为公园，绕以逶迤如带的花窗黄墙。潭形如勺，勺把处建有一高峻的拱桥，贯通两岸的马路和民居，属园外。行人从桥上过，即可纵览园景。拱桥旁另有一小桥，则在公园范围之内，颇见造园而不阻断交通之构思。潭面最宽处不过五六十米，差可泛舟。沿潭隙地不多，显得逼仄，绿树芳草中点缀几座仿古建筑，不能确指何为小卷阿，何为皇姑庵，或在园外亦未可知。忆及太平天国史专家罗尔纲先生的有关文章，不禁感慨系之。

原来上引词典中提到的那个皇妃出家的传说，起源并不久，本是世居乌龙潭附近龙潭里的魏源后人，在20世纪50年代出于个人动机而编造的。

1950年12月，在南京市筹备太平天国起义百年纪念展览会期间，龙潭里居民魏伯和带了一张天王玉玺和幼天王玉玺的拓本到筹备委员会来口头报告，说太平天国有一个掌玺的元妃在天京城破后，逃难到他的祖父魏耆家。后来魏耆把他的房子分一半做普渡庵，元妃就在普渡庵出家。这一张拓本就是元妃在掌玺时亲手拓的，逃难时密藏身上，一直保存至今。筹备委员会认为玉玺拓本流传外间很多，不足为证。1953年6月，魏伯和等五人联名写信给江苏省政府，要求保存普渡庵史迹，并解决魏伯和生活困难问题与他两个堂妹的就业问题，另附魏昭撰写的《太平天国元妃略历》。据该文，

"元妃姓熊氏，江苏六合人，本宦家女，而清寒甚。当天王南来时，偶出巡，适逢于门前买针线，为所见，惊其清丽，遂立为元妃，统领宫中。"湘军破城时，元妃改装为难妇，辗转至魏家求做佣妇。魏姓主人名魏耆，观其非庸流，以宾礼相待，请其于佛堂中管理经卷，早晚上香而已。后元妃以实相告，并言愿出家为尼，魏氏乃析所居一半为庵，即今普渡庵云云。

罗尔纲先生看了上开事略，提出两点根本性的疑问。一、太平天国从没有一个作为天王宫中领袖的元妃。二、从太平天国的制度及洪秀全的历史看，绝不会有熊氏在门前买针线，为洪秀全出巡所见，惊其清丽，遂立为元妃的事件。因此他否定了所谓《元妃略历》。魏伯和等人不服，又举出几名证人，复被罗先生一一驳斥。罗先生又到世居龙潭里的群众中间实地调查，弄清了魏伯和作假的原因。魏氏靠变卖、出租房产度日，以前从未提到元妃的事情。后因政府要收购这一带的房屋，魏氏乃编造此事，欲借此首先争得普渡庵的产权，然后把房屋作为文物，高价卖给政府。罗先生最后把考证及调查结果以南京市文物保管委员会的名义写成论文《普渡庵调查记》，了此一段公案。

名门往往无后，魏源湖南邵阳人，道光进士，是林则徐的好友，不仅有盛名，大概也有点钱，否则不能在南京置房产。传至魏耆，虽无所作为，尤能守其祖业。到魏伯和乃以出卖房产度日，且思行骗。罗尔纲先生的论文如老吏断狱，读来赛过一篇侦探小说。然而科学未必敌得过传说。市井细民茶余酒后或纳凉围炉时，本地故事自然是最好的谈资，宁可信其有，不愿信其无，乌龙潭畔的居民乃对魏伯和编造的故事做了集体加工。魏耆无知名度，遂代之以魏源本人。普渡庵的名字太文，干脆叫它皇姑庵。如果20世纪50年代初普渡庵就有皇姑庵的别名，魏伯和早就会提出来作为有力的佐证了。就这样，不消40年，谎言不但升格为民间喜闻乐见的传说，而且堂而皇之进入词典。

民国南京

　　我求学时代学过的中国现代史实际上是中国革命史。从五四运动到中国共产党诞生，国共合作，北伐（第一次国内革命战争），国共分裂，土地革命（第二次国内革命战争），抗日战争，解放战争，直到中华人民共和国成立，国民党只是作为共产党的对手而存在。我们不太知道，除了反共、"剿共"、内战，这个管辖中国最富庶的地区和绝大部分人口的政府怎样运作，它治下的民众怎样生活。

　　历史学家认为，20世纪30年代前期，中华民国在经济上保持一种上升的势头。1936年，抗战开始前一年，是最好的一年。我手头没有1936年的统计资料，但有一些1934年的数据（《民国二十四年〈申报〉年鉴》汇总的上一年的数据）可资引用。

　　国民政府定都南京，但是南京城市虽大，人口始终不多。那一年，南京人口741226人（1937年达90万人），少于上海（华界1962214人，租界1506061人）、北平（1516378人）、天津（1399146人）、广州（1042630人）和汉口（772834

人）。南京只是个政治中心，经济地位比不上上海、天津、广州和汉口，作为文化和教育中心也远不如上海和北京。那一年，南京只有5家专科以上的学校（国立中央大学、私立金陵大学、金陵女子文理学院等），上海有25家，北平有17家。

一个政府总要搞点建设，哪怕只是为了装点门面，至少也要建设得像模像样。南京缺乏可利用的现成建筑，清朝的两江总督衙门将就着改为国民政府主席办公地，中央党部和政府各院、各部的衙署都需要建造。从秦风先生编的《民国南京1927～1949》图册里可以看到，这些建筑（中央党部、行政院、立法院等）折中中西风格，体量不大，远远谈不上富丽雄伟。其内部不知如何，但我们有一张1948年蒋介石在总统府（原国民政府所在地）会客室接待外宾的照片可资参照。那个房间的装修和陈设是朴素的，镶木地板没铺地毯。

改造旧城，开辟道路和建造住宅，自然是新政府的当务之急。

洪杨乱后，直至民国政府建都，元气迄今未恢复，于是这有名的龙盘虎踞的古城，竟降为人口不逾20万的内地小都市……民国十七年以前，又经过几次军阀战乱……十七年至廿六年10年间，可谓南京建设的猛晋时期。如今我们进挹江门直至新街口一带所见的街道住宅，宽辟整洁，碧绿的梧桐、青翠的冬青和山西路、宁海路一带德国式住宅竹篱外的蔷薇，大有异国风趣，这些差不多都是那时建筑起来的，而以前则是菜圃竹园，荒芜三径。只有城南一路狭窄污秽的小街，牛屎熏天，伧俗满目，还保留着南京原有色泽。（纪果庵《两都赋——南京与北京》，作者1940年从北京移居南京）

聂绀弩曾在南京住了5年之久，他在《失掉南京得到无穷》中这样描述：

初到南京的时候，城内还没有一条宽阔平坦的马路，街面上尽是破旧低矮的瓦屋。从北门桥到唱经楼那一条又窄又短的小街，在那时候还是南北交通的要道，汽车、马车、人力车和步行的人们，每天都挤得水泄不通，每天都会有几件为了拥挤而发生的争吵、撞伤而至撞死人的事情。至于路边的建筑，更是什么都没有，古拙的鼓楼算是这城里唯一的壮观。一年两年，五年十年，南京完全改换了面目，有了全国最好的柏油路，有了富丽雄伟的会堂、官廨、学校、戏院、商号、饭店、菜馆、咖啡店乃至私人住宅。

南京的官员们，不，公务员们，有一个共同的嗜好，喜欢买地皮盖房子……由于那些公务员们的努力，南京就有了许许多多的什么里什么坊什么村和许多单家独院的崭新的洋房子。

"北门桥"这个地名，亦见《知堂回忆录》。前清时代，跨在杨吴城壕上的北门桥是北城唯一的商业中心（南城为夫子庙）。20世纪80年代初，友人韩君住在附近一条名叫一枝园的小巷里，曾招待我住了几天。这一带的地名颇引起我的遐想。一枝园徒存其名，想来本是一位退隐官僚的住宅，取"鹪鹩栖树，不过一枝"之义。那条巷子里都是低矮的瓦顶平房，而且无自来水（新中国成立后30多年犹如此，民国时代肯定也不通自来水）。居民用水，或出巷往北，过进贤桥（此桥夹在东面的浮桥与西面的北门桥之间，因相距不远的国子监成贤街而得名；桥下一濠死水），到桥下的自来水站买水；或往南，从网巾市（明朝人用网巾束发）的一口井里打水。那口井阅尽岁月，井绳勒出的好几道凹槽上长着绿苔。进贤桥北的大马路即为珠江路，公共汽车站名莲花桥，桥下曾经流过进香河。一枝园西接鸡鹅巷，也全是平房，除了邻近北门桥有一片陈旧的弄堂房子，名叫德邻里，民国公务员想必是其最初的业主。我曾想到戴笠，他是在鸡鹅巷发迹的。更想到马士英，这里曾有他的府第。想他怎样在留都即将失守时，带着"十车细软，一队娇娆"出逃。

新住宅区属于官员。我们更感兴趣的是平民百姓的居住条件和生活环境。对于纪果庵这样一个北方人，南京除洋房以外，旧式房子真没法问津。"他们老是把屋子里糊起花报纸，顶棚及木板壁则用暗红色，窗子很少有玻璃，只是那种暗淡的调子就够你受了，加上马桶的臭气，'南京虫'的臭气，以及阴湿的霉气，无怪住在里面的人终年要害湿气。"

张恨水描绘了极其具体、生动的南京居民日常生活场景。他 1936 年到南京来创办《南京人报》。他这样描述：

前几年我家住唱经楼，紧接着丹凤街。这楼名好像是很文雅，够得上些烟水气。可是这地方是一条菜市，当每日早晨，天色一亮，满街泥汁淋漓，甚至不能下脚。在这条街上的人，也无非鸡鸣而起，孳孳为利之徒，说他们有铜臭气，倒可以。说他们有烟水气，那就是笑话了。……唱经楼是条纯南方的旧街。青石板铺的路面，不到一丈五尺宽，两旁店铺的屋檐，只露了一线天空。现代化的商品也袭进了这老街，矮小的店面，加上大玻璃窗，已不调和。而两旁玻璃窗里猩红惨绿的陈列品，再加上屋檐外布制的红白大小市招，人在这里走像卷入颜料堆。街头一幢三方砖墙的小楼，已改为布店的庙宇，那是唱经楼。转过楼后，就是丹凤街了。第一个异样的情调，便是由东穿出来的巷口，二三十张露天摊子，堆着老绿或嫩绿色的菜蔬。鲜鱼摊子，就摆在菜摊的前面。大小鱼像银制的梭，堆在夹篮里。有的将两只大水桶，养了活鱼在内，鱼成排的，在水面上露出青色的头。还有像一捆青布似的大鱼，放在长摊板上砍碎了来卖，恰好旁边就是一担子老姜和青葱，还可以引起人的食欲。男女挽篮子的赶市者，侧着身子在这里挤。又过去是两家茶馆，里面送出哄然的声音，辨不出是什么言语，只是许多言语制成的声浪。带卖早点的茶馆门口，有锅灶叠着蒸屉，屉里阵阵刮着热气，这热气有包子味，有烧卖味，引着人向里挤。这里虽多半是男女佣工的场合，有那勤俭的主妇，挽了个精致的小篮子，在来往的箩担堆里碰撞了走。年老的老太爷，也携着孩子，向茶馆里进早餐。这是动乱的形态下，一点悠闲表现。这样的街道，有半华里长，天亮起直到十点钟，都为人和箩担所填塞。米店，柴炭店，酱坊，小百物店，都在这段空间里，抢这一个最忙时间的生意。过了十二点钟人少下来，现出丹凤街并不窄小，它也是旧街巷拆出的马路。但路面的小砂子，已被人脚板摩擦了去，露出鸡蛋或栗子大小的石子，这表现了是很少汽车经过，而被工务局忽略了的工程。菜叶子，水渍，干荷叶，稻草梗，或者肉骨与鱼鳞，洒了满地。两个打扫夫，开始来清除这些。长柄扫帚刷着地面沙沙有声的时候，代表了午炮。这也就现出两旁店铺的那种古典意味。

在这样的午后，张先生到丹凤街南的茶馆里去赏识六朝烟水气。

然而我是失败的。这茶馆不卖点心，就卖一碗清茶。两进屋，都是瓦盖，没有楼与天花板，抬头望着瓦一行行的由上而下。横梁上挂了黑电线，悬着无罩的电灯泡。所有的桌凳，全成了灰黑色。地面湿粘粘的，晴天也不会两样。卖午堂茶的时候，客人是不到十停的一二停，座位多半是空了，所有吃茶的客人，全是短装，他们将空的夹篮放在门外，将兜里面半日挣来的钱，缓缓的来清理。这是他们每日最得意的时候。清理过款项之后，或回家，或另找事情去消磨下半日。

茶馆是南京市民日常生活的重要组成部分。丹凤街的茶馆属于酒佣菜保、引车卖浆之流。张恨水先生不穿短装，属于长衫阶级。他常去的是夫子庙的奇芳阁。

无论你去得多早，这茶楼上下，已是人声哄哄，高朋满座。我大概到的时候，是八点钟前，七点钟后，那一二班吃茶的人，已经过瘾走了。这里面有公务员和商人，并未因此而误他的工作，这是南京人吃茶的可取点。我去时当然不止一个人踏着那涂满了"脚底下泥"的大板梯，上那片敞楼。在桌子缝里转个弯，面对了楼下的夫子庙坐下。……四方一张桌子，漆是剥落了，甚至中间还有一条缝呢。桌子有的是茶碗碟子，瓜子壳，花生皮，烟卷头，茶叶渣，那没关系，过来一位茶博士，风卷残云，把这些东西搬了走，肩上抽下一条抹布，立刻将桌面扫荡干净。他左手抱了一叠茶碗，还连带茶托，右手提了把大锡壶来。碗分散在各人前，开水冲下碗去，一阵热气，送进一阵茶香，这是趣味的开始。桌子周围有的是长板凳方几子，随便拖了来坐，就是很少靠背椅，躺椅是绝对没有。这是老板整你，让你不能太舒服而忘返了。

茶楼里有穿梭往来的小贩售卖瓜子盐花生、糖果纸烟、水果、酱牛肉。茶博士还一批一批送上本店自制的牛肉锅贴、菜包子、各种汤面和小干丝，还可以出去为熟客买两角钱的烧鸭，用小锅再煮一煮。"这是什么天堂生活！"张先生在重庆怀想抗战前在南京的日子，不由感叹系之。（见《两都赋·碗底有沧桑》，原载重庆《新民报》，1944 年）

市井细民进酒楼饭馆的机会不会太多，鸭子胰白做的"美人肝"也就是徒闻其名罢了。除了茶馆，他们经常光顾的是点心铺和点心摊。当年南京有四家点心店最享盛名：李荣兴的牛肉汤，清和园的干丝，包顺兴的小笼包饺，三栈楼的烧饼，后者设在门西殷高巷内。"他家的烧饼做得特别酥脆，一块烧饼才咬进嘴，就撒下不少芝麻出来，又香又酥，有'千层饼'之称。三栈楼还有一个特点，就是代客加工各种馅子的酥烧饼。只要你把火腿、香肠、大葱等材料拿去，他们就立刻加工成各种风味的酥烧饼，投你所好。"（石三友《金陵野史》）三栈楼或作三泉楼。"该楼仅二三间，左右皆人家，无风景可赏。而人之从远处来此，即为食饼。其味之美，不言可喻已。"（张通之《白门食谱》，《南京文献》第一册第二号，民国三十六年二月）

清和园却是兼有风景可赏的：

贵人坊清和园干丝。南门贵人坊之清和园，系一僧庵。和尚因其地靠城多树，常有人夏日到此避暑，乃打扫树下地，布置桌凳卖茶，并售干丝。未久，清和园干丝之名，传播一城，皆以为佳制也。予问得其制法，系以上等虾米与笋干，入好酱油，同煮为卤。定购好白豆腐干，切成细丝，用开水冲去豆之余味，然后加以作成虾笋之卤煮之。食另加真麻油半小碗。其味之鲜，令食完一钵后，若犹不足。座客常满。来迟者，须立以待之焉。(《白门食谱》)

所谓饮食文化，从来皆有两支。一支是贵族化的，水陆杂陈，一席千金；另一支是平民化的，材料普通但制作精细，不因其便宜而降低质量。干丝有两种，一为"烫干丝"，一为"煮干丝"，起源于扬州。朱自清说："北平现在吃干丝，都是所谓煮干丝；那是很浓的，当菜很好，当点心却未必合适。烫干丝先将一大块方的白豆腐干飞快地片成薄片，再切为细丝，放在小碗里，用开水一浇，干丝便熟了：滗去了水，抟成圆锥似的，再倒上麻酱油，搁一撮虾米和干笋丝在尖儿，就成。"

清朝末年，周作人在江南水师学堂当学生时常去的南京下关江天阁茶馆，便是用便宜的"烫干丝"佐茶的。清和园用虾笋之卤煮之，已接近煮干丝的做法（差别在于煮干丝用汤，不是用浓缩的卤汁），但食时仍加麻油。"大煮干丝"今为扬州菜的名菜，用鸡汤和多种辅料调制，不是佐茶的小吃。全国各地的淮扬菜馆都卖煮干丝，我总觉得那干丝煮得太烂。今天的南京不再有老式茶馆，自然难觅江天阁式的干丝，遑论清和园式的精品。在茶馆吃干丝和在点心店、饭馆吃干丝，是有区别的。在茶馆，我们多了几分闲暇；而我们急匆匆去点心店，只是为了满足口腹之欲。夫子庙的"新奇芳阁"，就是张恨水当年常去的那一家，有一时期还在卖"麻油干丝"。不过它现在是菜馆，不是茶馆。新开的仿古建筑高档饭店推出秦淮"八绝"套餐（"秦淮八艳"可谓香魂不散），包括干、湿（带汤）的点心各八种。"八干"中有萝卜丝饼和酥烧饼，"八湿"之一即为"三鲜干丝"，那是把大盆煮干丝分装成小碗。

清和园之可贵，不仅在于干丝之美味，也在于其地，或许也在其主人。高树浓荫，环境清幽，民国时期的南京不乏"城市山林"的角落。和尚无家累，有时间钻研厨艺。想来比堂倌多点"六朝烟水气"。食客多了，后来者须立以待之，倒是有点煞风景。细想起来，那个时代的人也真有闲暇，可以为了一碗茶、一钵干丝，特地赶去品尝。今天哪个城市还有一种名满全城的小吃能引得我们换几趟车专程前往？没有那样的小吃，也没有那样的食客了。要讲"生活质量"，今天自然比从前大大提高了。但在某些细节上，后人未必优于前人。

衣食住行并称，交通也是民生的重要内容。

民国南京的市内公共交通，到 1934 年年底仅有两家公司运行六七十辆客车。市民出门，只好仰赖马车和人力车。西式马车有 335 辆，据说是由上海传来的。马车在上海已退出历史舞台，在南京仍旧大行其道，除了载客，也用于婚礼和丧事。张爱玲的《半生缘》里，上海人叔惠随同事世钧到南京去玩，住在世钧家里。他对南京市内用马车做交通工具感到好奇（旧的一旦成为陌生的，就有了新意），爬到车夫的座位上和车夫并排坐着，下雨他也不管。后文写叔惠与曼桢结伴来南京，世钧请他们坐马车兜风。可见街上的马车是南京一景，本地人以此招待外地人。

南京人叶灵凤回忆："等到我们这一辈长成以后，南京的马车虽然仍在大行其道，但是街上所见，几乎所有的马车全是野鸡马车了。同马车夫讲价钱，最费唇舌。他们漫天要价，只要你开口还了价钱，他们就驾了车子跟在你一旁，向你兜揽不休；而且别的马车夫都拒绝再同你接洽。因此，对当时初到南京的人士来说，雇马车和讲价钱，都是一件苦事。"（《能不忆江南·南京的马车》）

南京更有特色的交通工具，是被称为"南京一怪"的小火车。它创始于光绪三十四（1908）年端方任两江总督时。本来端方造此铁道，是为了好奇有趣。他每与僚属游宴其中，停靠丁家桥时上一鱼翅，经过鼓楼时上一燕菜，真会享受。小火车起自下关江边，终点设在中正路（后来延伸到中华门外雨花台）。公共汽车未出现时，小火车虽然设备陈旧，但因票价比马车便宜（全程一角二分），到了民国时期仍是市民重要的代步工具。自从公共汽车出现后，小火车因所经多为要道，车过时阻塞交通，兼之发出的噪声、喷出的浓烟和煤灰给沿线居民带来极大的不便，终日轰隆轰隆纵贯全城，遂成"南京一害"。

衣食住行有了保障后，百姓还需要娱乐。民国南京与其他城市一样，有电影院和剧场。如同北平有天桥，上海有老城隍庙，南京也有夫子庙这样的大众娱乐场所。夫子庙独树一帜的，是有名的"歌女"。"商女不知亡国恨，隔江犹唱后庭花。"南京的歌女历史悠久。夫子庙的歌女在茶馆里演出，她们不唱流行歌曲，而是京剧，那时叫平剧；穿旗袍，不穿袒胸露肩的西洋裙装。张恨水的小说《满江红》里，对歌女如何在茶馆献艺，如何拆账，有精确的描述。

茶馆各地都有，南京的茶馆有其特色；歌女是南京特色；马车在别的城市已少见；市内小火车是南京独有的。这

浙江嘉善西塘镇的茶馆。可招徕旅游者，本地人似乎不光顾。

四项，我以为是南京市民日常生活的基本"元素"，很遗憾它们没有出现在《民国南京1927～1949》图册里。

衣食住行之外，民众需要休闲。假设时值秋初，你是南京市民，是住在城北住宅区的一名公务员或自由职业者。

六点钟将到，半空已没有火焰。走出大门，左右邻居已开始在树荫下溜着水泥路面活动。穿着一件薄薄的绸衫，拿了一柄折扇，顺路踏上中山北路。你不用排队，更不用争先恐后，可以摇着手上那柄折扇，缓缓地上车。车中很少找不到座位。座椅铺着橡皮垫子，下有弹簧，舒适而干净，不亚于府上的沙发。花上一角大洋，到扬子江边去兜风呢，还是到秦淮河去听曲？

你十有八九奔城南。新街口有冷气设备的电影院，花牌楼有堆着鲜红滴翠的水果公司，尤其是秦淮河畔的夫子庙，你总有机会与朋友会面。你们聚餐，在老万全喝啤酒，吃地道的南京菜，每人不过两块钱的份子。酒醉饭饱，你躺在河厅栏杆边的藤椅上喝茶嗑瓜子，迎水风之徐徐，望银河之耿耿。

九点多钟，出了酒馆，你在红蓝的霓虹灯光下走上夫子庙大街，听着两边的高楼上，弦索鼓板，喧闹着歌女的清唱。有时你也不免走进书场，听几段大鼓，或在附近露天花园，打一盘弹子，一混就是十二点钟。原样的公共汽车已在站上等候，又把你送回城北。那时凉风习习，清露满空，绸衫已挡不住晚凉。四周灯光不及处，秋虫齐鸣。

以上系缩写张恨水先生作于战时重庆的《日暮过秦淮》一文。他在文章结尾又发表感叹："这样的生活，自然没有炎热，也有点走进了《板桥杂记》。于今回想起来，不能不说一声罪过。自然别人的生活，比这过得更舒适的，而又不忏悔，我们也无法勉强他。"

我们读出一个委婉的指责。在南京过得比恨水先生更舒适的，自然包括民国的达官贵人。一个称职的政府除了守土，更应该保证其治下的百姓安居乐业，让劳力者和劳心者各得其所，使丹凤街的菜贩有在小茶馆清点当天赢利的乐趣，也使张先生这样的知识阶层有听歌赏曲、品茶纳凉的闲暇。张先生本人用不着忏悔。抗战八年，他在重庆住竹片捆扎、黄泥涂砌的茅屋，继续用他的笔为社会、为民族服务，写了许多"国难小说"和"抗战小说"。他贴不上"鸳鸯蝴蝶派"的标签，"章回体通俗小说"对他只不过是一种形式。我以为，如果我们承认有一种市民文学，那么张恨水先生毕生站在市民的立场上，以市民为作品永远的主人公，为市民而写作，应该是现代市民文学最杰出的代表。他不是 20 世纪最伟大的中国小说家，但是对于我，他是最亲切的作家。

一九三〇年的上海闺秀

　　1930年，上海，《子夜》的时代。徐州一带有战事，附近的双桥镇有农民暴动。黄浦江畔总是天下太平。吴公馆开吊。吴荪甫在热丧中仍要处理紧急的商务，与杜竹斋匆忙坐汽车走了，撇下林佩瑶独自坐在小客厅里。忽起忽落浮游的感念将吴少奶奶包围住。最初是那股汽车的声音将她的思绪引得远远的——七八年前她还在教会女校读书，还是"密司林佩瑶时代"第一次和女同学们坐了汽车出去兜风。她再一次想起那个似彗星般出现在她面前，然后又消失了的青年……"小客厅里的一切是华丽的，投合着任何时髦女子的心理：壁上的大幅油画，架上的古玩，瓶里的鲜花，名贵的家具，还有，笼里的鹦鹉。然而吴少奶奶总觉得缺少了什么似的。"

　　这个在中国现代史上事事开风气之先的城市里，劳动大众艰苦谋生，资本家为发财也得呕心沥血，交易所更是另一个意义上的战场。这个大都会对女性并不照顾，甚至格外冷酷。且不论《包身工》里描绘的人间地狱和郁达夫《春风沉醉的晚上》里住在邓脱路贫民窟里的烟厂女工陈二妹（如果我们把20世纪二三十年代作为一个连续的整体来考察），读过书、为自力谋生而走上社会的"职业女性"的日子也很艰难。电影《桃李劫》（1934）中的黎丽琳（陈波儿饰）不甘心当"花瓶"，终于失去工作。《新女性》（1935）中的韦明（阮玲玉饰）在"私立上海乐育女子中学"担任音乐歌唱教师，不堪对她垂涎三尺的校董王博士的纠缠、迫害，最终服毒自杀。不过也有一些女子家境富裕，养尊处优，不但远离男人们的挣扎和拼杀，还可能得到须眉俗物的呵护。这些中产阶级的少女少妇——我们传统认可的"大家闺秀"——如林佩瑶，如她的妹妹佩珊，又如吴家四小姐蕙芳，是否就无忧无愁呢？

"数千年来，吾国闺秀备尝压迫之苦痛，困守闺中，不见天日。穿耳缠足，家庭有如囹圄。积习相传，至于今日。现男女自由，一律平等。自表面视之虽有一部分之进步与改良，但事实上则未见其彻底成功。默察近代女子之生活，仍受顽固社会之约束，不良分子之摧残，而为女子者仍时感烦闷枯燥，毫无乐趣。是以'闺怨闺愁''以泪洗面'者，比比皆是也。至离开学校生活而无职业之女子，欲求其兴趣快美之生活，颇不易得。此种情状，虽为过渡时之历程，但实社会之恶劣环境有以致之。至其最大之原因，则当咎于报纸提倡之不力也。"这段话，大体上说得不错，除了最后一句夸大了报纸的作用。不过这本是上海一家报纸——《摄影画报》的宣传。这家画报自称"提倡女子优美之生活"，以妇女为主要读者。它经常刊登闺秀照片，1930年把历年登出的照片汇集成画册出版，名为《闺秀影集》。

我们今天翻开这本黄色铜版纸精印的画册，面对祖母辈当年的倩影，触发的感叹、引起的联想大概也因人而异。小说家或许会感到《金锁记》《心经》和《花凋》中的人物正一个一个向他冉冉走来，恳求他也为她们写一部张爱玲式的小说。所谓"闺阁中历历有人"，自不应令其泯灭。我看到的却不是一个一个美人，而是一个整体，一个阶层，一所学校。

全书共120页画面。前86页每页印一幅照片，自87~120页每页双幅，共154位佳丽。第1页是陈皓明女士，照片下端例有介绍文字："陈皓明女士性沉默，寡言笑，姿容秀丽，磊落大方。前肄业于中西女塾，品学兼优，极受师友之爱戴。善演剧，素负美誉，又好歌唱，故去年中西女塾肄业后，即加入上海雅乐社。"这个简介很有代表性。1930年的上海闺秀，至少要在贵族化的教会女中上过学，最佳选择是中西女塾。根据我粗略的统计，这154位闺秀，除了未开具学历者，有26位毕业于中西女塾，9位毕业于晏摩氏女校，6位是启秀女塾的毕业生，3位的母校是圣玛利亚女校。别的学校也都是女中，闺秀们的父母似乎从不考虑把掌上明珠送进男女混合中学。教会女中培养西式的淑女，相夫教子之余，更重要的是要有社交能力，善周旋应对，不必掌握专业知识。所以闺秀中上大学的不多，包括"同德医科专门学校"在内，不到30位。她们首选的大学是沪江大学，有10位。中学毕业后，闺秀们就待字闺中。为了消磨时间，在某种程度上也是为了抬高自己的身价和扩大择婿的范围，她们参加一些社会活动，如加入"雅乐社"。从密司林佩瑶变成吴少奶奶，是她们最好的归宿。

在这个平均分之上，有一些高分。她们是名门或名流之后，如"名医唐乃安之掌珠"，有"上海甜心"之号的唐瑛女士，"玉容秀丽，性格和蔼，微笑迎人，语言动听，交际手腕高人一等"；又如永安公司经理郭标的女儿，有"上海小姐"之称的郭安慈，"善交际，尤精探戈舞，曾与其兄表演于妇女会之茶舞会中，又能驾驶汽车，南京路时有其芳踪"；外交家施肇基之女施慧珍，"能自驾汽车，每于傍晚时见其风驰电掣于静安寺路上，精英语，故西方名人多认识也"；李鸿章的孙女，李经方的女儿李国绮，"精英法文，且好钢琴，对于国文尤其有研究，其诗词颇有名于时，固现代之女才子也"——捧得很高，但是错用了"李国绶"的照片，不得不在书后登个勘误。还有"袁昭女士为前总统袁世凯之女公子"——这位小姐大概乏善可陈，编者未加任何赞语。

在平均分之下，当然也有一些低分。对她们的介绍简无可简：某女士某年毕业于某校，或者只有姓名。她们的照片像是普通的报名照，一般没有背景，服饰也比较朴素。猜想是编者一时凑不齐那么多的大家闺秀，就拿小家碧玉来充数了。

这一代闺秀既以嫁人为最理想的职业，很少人日后能以自身的力量在社会上有所建树。我只找到值得一提的两个人："俞姗女士毕业于南开大学，现肄业于国立音乐院。前主演《沙乐美》一剧，极得观客热烈之赞许，尤精舞蹈与音乐。"不知道编者为什么不提山阴俞氏的家世。俞明震，清末道台，做过江南陆师学堂总办，开明通达，素为鲁迅所敬重。俞大维、黄敬皆其后人。俞姗是黄敬的姑妈，后嫁戏剧教育家赵太侔，为一代名媛。"周炼霞女士庐陵世家女，少从郑壶叟先生习六法，颇为擅长，为女画家中后起之秀也。"她后来果真是上海有点名气的画家。

闺秀们多数烫发，个别保守的用很长的刘海覆住前额。她们描眉，涂眼影，像《新女性》里的阮玲玉，或者不如说阮玲玉像她们。服装以旗袍为主，印证了张爱玲在《更衣记》中的记载："时装开始紧缩，喇叭管袖子收小了。1930年，袖长及肘，衣领又高了起来。"高高的衣领上有两排乃至三排盘花纽扣。"这种衣领根本不可恕。可是它象征了十年前那种理智化的淫逸的空气——直挺挺的衣领隔开了女神似的头与下面的丰柔的肉身。"（《更衣记》作于1943年，"十年前"指1930年前后）再看《子夜》里的冯眉卿：一头烫成波浪形松松地齐到耳根的长头发，"身上是淡青色印花的华尔纱长旗袍，深黄色绸的里子，开叉极高，行动时悠然飘拂，闪露出浑圆柔腻的大腿；这和那又高又硬，密封着颈脖，又撑住了下颔的领子，成为非常明显的对照"。冯眉卿是从小地方初到上海，追赶时髦，衣着近舞女。闺秀们比较矜持，何况有的还是在校学生。她们的服装的"开放"程度和"透明性"要差一些，更像阮玲玉或韦明。从1930～1935年，妇女的打扮基本没变。

闺秀们同意让《摄影画报》特约的照相馆为她们照相，或者自己把照片送去。照片登出来——其实对于她们中有些人也是征婚广告——她们的虚荣心会得到暂时的满足。可是这又怎么能填满她们的生活呢？林佩瑶的照片大概不会登在这家画报上，不过她可能是它的读者。她不快活。四小姐吴蕙芳更不快活。林佩珊的玉照倒有可能登在《摄影画报》或别的杂志上。她暂时是快活的，以后也难说。

1930年，上海。《旅行杂志》第三期的封面是汪介曾女士的着色照片，《闺秀影集》里也有她的丽影。这家体现中产阶级趣味的杂志的辐射面比《摄影画报》要大得多。"汪介曾女士毕业于中西女塾，以交际之花，蜚声海上。女士于文学戛戛独造，不同凡响。"又是一位中西女塾高才生。这所学校培养的几代上海闺秀，成为社交界的灵魂。通过她们的夫婿、子女，她们将影响中国的政治和经济生活。如果有人想写一部中国现代上层妇女史，这部书在很大程度上将会是中西女塾校友录。

金钱支撑的浪漫

　　在上海小住，赶上电影《人约黄昏》映出，并且读到一些评论，也想说几句。陈逸飞演绎了一个旧上海的故事，博学的评论家在交誉影片的画面优美，肯定其相当真实地再现了 20 世纪二三十年代的上海之余，也会挑出一些漏洞。如当时上海滩的无政府党早已绝迹，哪里会演出火并暗杀的一幕等。徐訏的原著《鬼恋》只说"鬼"，她丈夫做的是"革命工作，秘密地干"，电影中的无政府党，想是编剧的曲笔，不过我记得，巴金的第一部小说《灭亡》以 20 年代的上海为背景，倒是写无政府主义的恐怖行动。即便就影片再现的旧上海风貌而言，若要吹毛求疵，我也可以挑出一条："人"第一次把"鬼"送到斜土路铁路道口时，路障是旧式的，铁道上铺的枕木却是现代的水泥材料，不是浸过桐油的方木。

　　我更想说的是徐訏，不是陈逸飞。徐訏被定位为"现代都市浪漫作家"，《鬼恋》在它发表的年代就是一部浪漫作品，只应用浪漫主义的艺术标准，而不是现实主义的尺度去审视它。陈逸飞在 90 年代出于一种怀旧情绪把它搬上银幕，其结果，其追求的效果，只能是一种加倍的浪漫。现代都市的浪漫不同于田园牧歌式的古典浪漫，主人公必须有钱、有闲、有教养，不问柴米油盐，更不管生炉子、倒垃圾，才能陶醉在自己营造（作家编造）的浪漫氛围里。"鬼"的未婚夫生前常抽名贵的 Era 牌香烟，他家里有闲置的洋房供"鬼"居住，供养她的生活更不在话下，可见这是一个很富裕的家庭。（影片中的败笔，是让无政府党人在石库门房子里聚会时都抽 Era，把名贵的埃及烟变成"老刀牌"一样的普罗烟了。）她若无钱、无闲，没有那样一个僻静、舒适的居处，就不能常常到烟纸店里去装鬼了。徐讦作品的男主人公都是无业、有钱，至少暂时不缺钱花的文化人。《鬼恋》中的"人"也无业，电影中成了新闻记者，是编剧改的。《吉卜赛之恋》中留学法国的徐先生与《风萧萧》中的"徐"都具备这三个基本条件。尤其《风萧萧》中的"徐"，他的闲暇、教养、人格尊严，乃至他的哲学，都是靠金钱支撑的。否则，绝无可能与斯蒂芬夫妇、梅瀛子、白苹周旋，海伦和白苹也不会爱上他。多角恋爱也是徐讦小说的习惯模式。《鬼恋》中的护士小姐爱上女扮男装前来探视"人"的"鬼"。《吉卜赛的诱惑》和《精神病患者的悲歌》中也各包含一个三角恋爱故事。徐讦爱用第一人称写小说，有时干脆让男主人公姓徐但隐其名字。他身上有个典型的那喀索斯（自恋）情结。

浪漫的小说家"建构"故事。冷静的批评家以犀利的理智"解构"故事，有时如外科教授在解剖室里把一具艳尸开膛剖腹，以科学的名义肢解艺术。至于一般读者和戏剧、影视观众倒是深得庄生古法，会得意忘言、得鱼忘筌的。现实生活越是"一地鸡毛"，我们越是需要不时欣赏一些浪漫故事，姑妄信之，不信也无妨，但求能得暂时的超拔、解脱，回过头来再收拾那永远扫不干净的一地鸡毛。

平安里中的"三小姐"

1946 年 8 月 20 日，战后中国首次选美。当晚在上海新仙林舞厅举行"上海小姐"选举。经激烈的拉票，王韵梅获冠军，谢家桦、刘德明分列亚军、季军。大会还选出坤伶组、歌星组、舞星组"皇后"，分别为言慧珠、韩菁菁、管敏莉。

（摘自《二十世纪中国全记录》）

这一幕，便是王安忆的小说《长恨歌》中王琦瑶竞选上海小姐的情节所本。王琦瑶当上季军，人称"三小姐"，不久成为"党国要员"李主任的外室，迁出她在厢房间或亭子间里的闺阁，住进"爱丽丝公寓"。新中国成立前夕，李主任死于空难，只留下一只装满金条的"西班牙雕花的桃花心木盒"与王琦瑶做伴。

新中国成立后，"三小姐"迁居"平安里"那种"曲折深长、藏污纳垢"的弄堂，以给人打针为生。她家中常有男子走动，与其中一位产生一段恋情，受胎怀孕。男方的家庭不可能接纳她，因此不谈嫁娶。这情人也负心，后来不知去向。

1961 年王琦瑶生下一个女孩，取名薇薇，由她独力抚养。

"流言"，张爱玲的散文集书名，也是《长恨歌》中某一章的标题。流言总是带着阴沉之气。"它不是那种阳刚凛冽的气味，而是带有些阴柔委婉的，是女人家的气味。……这城市的弄堂有多少，流言就有多少，是数也数不清，说也说不完的。"无中生有，捕风捉影是流言，议论别人的隐私也是流言。平安里既是上海弄堂的典型、浓缩，平安里中该是少不了流言。以王琦瑶的身份，在西方叫"单身母亲"。平安里中该没有这样文明，该有许多手指在王琦瑶背后点点戳戳，说她"轧姘头""养私囡"。

然而不然。平安里中挥着蒲扇纳凉聚谈的居民们似乎特别尊重邻居的隐私。王琦瑶从小就对薇薇说，她父亲死了。薇薇自己也对别人这样说。没有人对她的身世做过任何暗示。

"一九六六年的夏天里，这个城市大大小小长长短短的弄堂里，那些红瓦或者黑瓦，立有老虎天窗或者水泥晒台的屋顶被揭开了，多少不为人知的秘密暴露在光天化日之下。"王琦瑶少女时代的男友、业余摄影家程先生被指控为身怀绝技的情报特务，那些登门求照的女人，则是他一手培养的色情间谍。程先生住在一个能望见黄浦江的顶楼里。他家的地板被撬开，墙被打穿。一个月夜，他跳楼自杀了。

平安里的居民没有贴王琦瑶的大字报，没有指控她是国民党的潜伏特务、姨太太、小老婆，乱搞男女关系，更没有去抄她的家。她得以保全那口樟木箱，那些缎面旗袍、珍珠项链、珠子手提包、镶水钻的胸针、法兰绒的贝雷帽，保全那个西班牙雕花桃花心木盒。更重要的是，薇薇的童心没有受到创伤，她将长成无忧无虑的少女，将是淮海路上无数追逐时尚的女孩子中的一个。

其实不是平安里的居民特别善良、宽厚，是作家保护这母女俩在平安里平平安安地度过浩劫。少了那个西班牙雕花桃花心木盒子，王琦瑶便撑不起最后的小康局面，她家里便不会有"老克腊""长脚"这样的新一代上海男人做常客，她就不会有那段黄昏畸情。不过，平安里因此就不那么典型了，而王琦瑶的故事也就少了几分可信性，多了几分能指性。她是一个符号，不属于平安里，不属于上海，甚至不属于某个特定的时空。她是不能承认、接受红颜老去的残酷事实的旧日美人。怀旧的"老克腊"戏称自己前生是梳分头、夹公文包、在洋行供职的规矩男人。一日，他照常乘电车去上班，不料车上发生枪战，汪伪特务追杀重庆分子，他吃了记冷枪，饮弹身亡。王琦瑶如果也有前生，该是300多年前秦淮旧院中的寇白门。这位名妓垂垂老矣，仍旧每天与白夹青衫的少年为伍。"卧病时，召所欢韩生来，绸缪悲泣，欲与之同寝。"男女总是不平等。"烈士暮年，壮心不已"，唱的是正剧、悲剧。佳人迟暮，芳心未已，同一悲凉，却是"不入调"，除非你是好莱坞玉婆伊丽莎白·泰勒。

《长恨歌》终究是小说，王琦瑶的一生毕竟是作家编织的故事。谁又能告诉我们，真正的上海小姐，王韵梅、谢家桦、刘德明，如果她们中有人一直留在上海，又经历了什么呢？

三轮车上

在《笔会》上读到一位女性作者的文章，写她怎样坐一辆带顶带篷的三轮车在清晨时分游西湖，找到了"做一回旧式女子"的感觉，心境变得安详、淡泊、从容，声音温软了，动作款款有致了，举手投足都讲究起来，都矜持而优雅起来了。

杨东平的《城市季风——北京和上海的文化精神》分析了上海人的生存环境和价值体系，精辟地指出，构成当今上海社会主体的是职员，是阁楼里的"中产阶级"。其实从上海开埠以来，职员、教员、店员、自由职业者、小业主及其家属等，一直是上海市民（一个颇具雏形的"市民社会"）的中坚，是最大的消费者群体，"大减价"招徕的对象，从鸳鸯蝴蝶派到还珠楼主和张恨水，到张爱玲和苏青的忠实读者，是书场的老听客，特地带一条擦眼泪用的新手绢去看越剧和沪剧，或者说绍兴戏和申曲。他们住石库门房子。先生例有几件长衫或一两套西装。太太小姐烫发，穿旗袍，外罩一件自织的绒线衫，用"雅霜"擦面，也洒几滴双妹牌花露水。主妇每天清早挽着竹篮到小菜场去买新鲜蔬菜和鱼肉。出门走亲眷访朋友的首选代步工具，必是三轮车。自备汽车是想啊勿要想；出租车太贵；轧电车不方便，路线也有限；惠而不费的是叫一部三轮车，可以一直送到你想去的弄堂口。夫妻两人坐在车上，抱住坐在他们膝盖上的小少爷和小姐，一家四口穿街过巷，迤逦而行，是一幅很好的都市风景画。张乐平的漫画世界里少不了三轮车。一首旧时流行歌曲唱道："三轮车上的小姐真美丽，眼睛大来眉毛细……（第三句记不起来了，是形容嘴巴的）张开来笑嘻嘻笑嘻嘻。"张爱玲的《传奇》，开卷第一篇小说《留情》一开头就写米先生和太太同坐一辆三轮车，半路上那个叫淳于敦凤的米太太停下车子买了一包糖炒栗子。三轮车的服务，就是那么周到。电车绝不能某个乘客叫停就停的。出租车可以停下来，但是不能停在任意一个位置上，而且停车等候也要计费的。三轮车的乘客有福了。如果说美国是载在汽车轮子上的国家，那么当年的上海，三轮车很快取代了黄包车，是载在三个轮子上的城市。

三轮车离我们远去了。取代它的是自力更生的脚踏车，运货的黄鱼车，近几年兴起的污染空气的助动车。小轿车进入寻常百姓家似乎很不现实，叫"差头"只能偶一为之。与三轮车一起消失的，不仅是安详、淡泊、从容的旧式女子，还有威严、稳重、名副其实为一家之主的旧式男子。因为今天先生们靠自己一个人的工资绝对养不活太太加孩子。妻子也要上班，丈夫理所当然要分担家务，甚至系上围裙承担大部分家务。下班回家后，没有人递给你一把热手巾，一杯热茶，更不会有一桌热气腾腾的现成饭菜等着你。即便让你坐在三轮车上，你也找不回当旧式男子的感觉。

八仙桥：历史、传奇和日常生活

事情要从 1860 年说起，英法联军在北京通惠河八里桥击溃僧格林沁统率的清军，史称"八里桥之战"。法国政府为纪念与彰显本国的武功，晋封此役的法军统帅蒙他板（Montalba, comte de Palikao，又译"孟斗班"）为"八里桥伯爵"，并把巴黎二十区一条街命名为八里桥街（rue de Palikao）。1865 年，上海法租界当局凑热闹，把境内一条新辟的马路也定名为八里桥街，即今云南南路。上海人不能接受这个羞辱祖国的路名，遂以谐音呼作八仙桥街。有了这条街，就有了八仙桥。

《上海掌故辞典》"八仙桥"条目："旧桥梁名，跨周泾（今西藏南路）。光绪二十六年（1900）之前，周泾是法、华两界的分界河，河东是法租界，河西是华界。1900 年时，法租界扩张，周泾西面的打铁浜（今自忠路、顺昌路、太仓路、重庆中路）以东地区被划入法租界新界。为沟通与新租界的交通，法租界在周泾的北端，即公馆马路（今金陵东路）修建一座木桥，因桥近八仙桥街，而被叫做八仙桥。后人不明桥名之由来，遂讹传这里曾是八仙到过之地。"

原来如此。我是在八仙桥街区长大的。这个泛指的地区包括的范围，大体上东至西藏中路，南至淮海中路，西面至少应到嵩山路，北面到宁海西路乃至更北的延安路。我从小喜欢这个地名，觉得远比附近的南洋桥、东新桥乃至太平桥有意思。当然不相信真有八仙，尤其是最富有人情味的吕洞宾和铁拐李，曾在此地游戏人间。但至少愿意想象，脚下这块土地曾是水乡一个小市镇或小村落，曾有过"闲梦江南梅熟时，夜船吹笛雨潇潇，人语驿边桥"的情致。后来查出八仙桥的来历令我有幻灭之感，不是邻近的有洋味的淮海路，也不是四大公司并立的南京路，这里才是最典型的中国近代市井。

提起八仙桥的往事，论资格，首先会想到黄金荣。除了晚年住漕河泾黄家花园，此人一生的活动始终以八仙桥为中心。他第一个公馆在老北门民国路同孚里，后来住进八仙桥的核心地带，龙门路淮海路口的钧培里。每年腊月十五，他在八仙桥发放冬赈。他有了钱，不是开戏院便是置地产。黄金大戏院在金陵路西藏路口，大世界和共舞台也都近在咫尺。新中国成立后，他被罚在大世界门口扫地，据说闲下来就搬张椅子坐在钧培里口，望着街景发呆。

杜月笙后来居上。他投入黄金荣门下时，住在黄宅的灶披间。风云际会，凭借能力和手段，他靠贩卖烟土和开赌场发家，终于"泥鳅变鲤鱼"，跳了龙门，成为法租界的"教父"，同时"强盗扮书生"，化身为金融家、企业家和慈善家。他娶了几房太太，有多处房子仍嫌不够住，决定自造公馆。黄金荣在跑马厅后隔两条街，距离大世界不远的华格臬路（今宁海西路）有两亩地皮，就慷慨送给他。另一位大亨张啸林要跟他做邻居，他索性送张家一半地皮。20 世纪 20 年代，两家各造一幢同样格局的房子。头进中式，两层楼；二进西式，楼三层；两宅中间隔一道砖墙，开一扇便门。陈存仁《阅世品人录》第六章《杜月笙江湖义气》里有一张杜宅的平面图。他说："书报上形容是侯王宅第，大厦连云，其实地方并不大。"新中国成立后，此宅归某单位使用，我曾路过门前，觉得并不起眼，绝对比不上后来东湖路的杜公馆。

杜公馆里故事多，有的故事能进入历史。1927 年 4 月 12 日，国民党以杜月笙的青帮势力为奥援，正式在上海发动"清党"。他们需要除掉当时的上海工运领导人，总工会委员长汪寿华。杜与汪本来在场面上有点来往，便由他出面，请汪于 4 月 11 日晚来杜宅相商要事。我们以前也知道汪准时赴约，中伏，被杀，但对细节不太了解。章君谷著、陆京士校订的《杜月笙传》对此事有详细的记录。

当晚7点，华格臬路杜公馆。门内埋伏重重。门外有一支机动部队，包括两部汽车。其中一部除了司机还坐了两名彪形大汉，车停在华格臬路通往李梅路的转角。汪的车子在杜公馆门口停下，汪下车。此时，李梅路转角的小包车开始徐徐滑动。汪到门口，门灯亮，铁扉开启后随即关上。那辆徐徐滑动的车子驶近汪的座车的左边。两扇车门同时打开，跳下两条汉子，挟持汪车的司机和保镖，开走车。汪进宅，在客厅檐下即被埋伏好的杜门"四大金刚"擒住。杜在楼梯口观看，高声关照："不要做在我家里噢！"此书作者有意点缀一点"本地风光"，书里不时插进几个上海方言词。在这个关键时刻，我很遗憾作者没有让杜月笙说浦东话。"做"应是原词，周立波的"奈伊做脱"本此。但是杜情急之下脱口而出的应是"勿要做啦我屋里厢"，而且把"勿要"读成一个音。多集纪录片《外滩》据此再现了这个场景，也让杜月笙照说"准官话版"，逊色不少。

"四大金刚"劫持汪上车。《杜月笙传》写道："后座里，芮庆荣和叶焯山四条铁臂，把浑身动弹不得的汪寿华紧紧箍住，尤其芮庆荣那只蒲扇大的右手，仿佛五根钢条，他始终紧握汪寿华的口鼻使汪寿华既透不过气，又喊不出声。他只有竭力扭动全身的肌肉，在做无效的挣扎。"车到枫林桥，芮庆荣下毒手了：他"运足全身气力，集中在他的右手五指，那五根钢条自汪寿华的口鼻移向咽喉。动作快得不容汪寿华发一声喊，车中各人只听见他喉间咯咯有声"。作者根据叶焯山的讲述描写了汪寿华的挣扎过程，像是一个长镜头，加倍渲染暴力。我读到这里很不舒服：即便作者完全站在国民党的立场上，作为一部传记，甚至作为文学作品，有必要这样考验读者的神经吗？

1935年，在华格臬路的另一端，董竹君演绎了一个创业传奇。她在《我的一个世纪》里写道，与丈夫离婚后，她从四川回上海，为养活一家老小，决定经商开餐馆。她借到2000元钱，在当时只能开设规模较小的餐室。"所以必须精打细算，寻找房租便宜，又能闹中取静、位于中心区的店面房子，并且面临马路，必须宽阔，有停留汽车的场地，以便吸引社会上层顾客。"于是她到处寻找合适的店房。经察看，在上海法租界大世界附近的华格臬路，有一排坐南向北的很普通的店面房子。这排房子对面是一大片空地，马路宽阔。但夜间行人稀少，人们去霞飞路都宁愿经过青年会，到恩派亚电影院转弯绕道，不愿由此路过。她租下一幢单开间一底三楼三个亭子间带晒台的店房。由于格局不大，菜馆取名锦江小餐。"开业那天，顾客就挤得水泄不通，店门两旁、马路中心都挤满了顾客。店内过道厕所附近，无处不加添座位，客人从头顶上互相帮助传递菜肴及账单。"座无虚席，连黄金荣、杜月笙、张啸林，以及当时南京政府要人和上海军政界人物来吃饭也得等上很久。天天每餐每座几批顾客，汽车停满对面空地，盛况轰动全市。不久，锦江对面的空地都新建了店铺，争先恐后开设餐馆。华格臬成为上海最早的菜馆一条街。

杜月笙几乎每天都来，每次都要等候很久才能就座，终于不耐烦。他帮董竹君租下左邻右舍的房子，甚至搭了天桥，向后弄堂发展。这本属违章建筑，好在有杜月笙的面子，法租界当局发给临时特许营业执照。从此锦江小餐改名锦江川菜馆。虽经扩展，依旧需要提前三天订座。汽车停放在从华格臬路东头，直到西面转弯的南京大戏院路口。

新中国成立前夕，杜月笙移居香港。董竹君与共产党早有合作。1951年，她把两店（锦江川菜馆和她名下的锦江茶室）献给政府，并迁往华懋公寓十三层楼营业。于是有了锦江饭店。

八仙桥不再有杜月笙和董竹君的身影，居民少了些谈资，但依旧过他们的平常日脚，享受稠密的商业网点提供的各种方便。

我的老家在金陵中路与淮海中路之间的望亭路，即李梅路南段。50 年代前期，我在广西路的格致中学读初中，每天上学常取道宁海西路到大世界。当时我知道有十三层的锦江饭店，不知道曾经的华格臬路上的锦江川菜馆和董竹君的故事。印象里，这一段宁海西路两边房屋的底层多为住家或工厂，很少有商店，好像没有饭馆。快到西藏路口才有家酒店，店堂后面挂了块竖匾，上书"太白遗风"四个大金字。倒是这家酒店本身成了当年菜馆一条街的遗风。

1943 年，汪伪政权倚仗日本势力，名义上收回公共租界和法租界，并对租界的路名做了系统更改，原则上用中国地名替换原来的外国人名。霞飞路改称泰山路，华格臬路改为宁海路。抗战胜利后，又改泰山路为林森路，直到新中国成立后变成淮海路。宁海路没变。据我儿时和少年时的记忆，提到邻近的街道，大人都用法租界收回后或新中国成立后启用的新名称，唯独对于华格臬路（有早市小菜场）和霞飞路，仍沿用了好几年，后来才改口。霞飞路自然代表了一般市民的法租界记忆，挥之不去；而华格臬路也叫顺了口，多半是因为有杜月笙残存的影子，一时转不过来。

　　这个街区，在 1956 年完成私营工商业社会主义改造之前，可谓百业杂陈，几乎所有的街面房子都是商店，市民日常生活的各种需要都能在半径不到一里的范围内得到满足。拿我家住的街面房子作出发点，右首，挨着设有扬州人剃头摊的弄堂口，是漆匠店，是做招牌和粉刷房子的。左邻是铅皮店，打造各种马口铁的器皿。再过去，依次是裁缝店、当店、衬里纽扣店，转弯角上是兼卖糖果汽水的水果店。还有山东人的饼摊，午市卖菠菜炒面，冬天卖烘山芋。"油饼"不是北方的炸油饼，是在锅底浇油后连煎带烤而成，上撒芝麻，层次丰富。分厚薄两种，厚的油重，更香。摊主根据顾客需要，当场切成大小不等的扇形出售。马路对过，从南往北依次是老虎灶兼茶馆、柴爿店、衬里纽扣店、切面店、苏广成衣铺、豆腐店、生煎馒头店和楼上的小茶馆。

　　豆腐店是辛苦的营生。每天天没亮，就传出推磨豆子的声音。居民会端一口小钢精锅，去买新鲜出锅的热豆浆。农历七月三十日地藏菩萨生日，按照习俗要"烧地香"。到晚上，老板会在马路边上用豆腐渣堆出一个方块，插满小棒香。儿童们等香烧完，拔出末端的细棍，收集起来玩山寨版的游戏棒。门口有皮匠摊的老虎灶最为热闹，用锯末烧火。夏天用帘子隔出一个小空间，挑出一个写有"清水盆汤"的白灯笼，兼营浴室。三轮车夫做完一天的营生，洗个澡，在长板凳上坐下喝茶。老虎灶本身没有，也用不着招牌，但在檐角下有块小招牌，上书"内有道士"四字。原来店堂后身住了个年轻道士，平时作常人装束。有了生意，就披道袍，戴道冠，执木剑，煞有介事。除了当铺，所有店家都用排门板，营业时间店堂敞亮，行人一览无余。唯独当铺的门面砌了墙，中间开个不大的门。进门二尺就是高高的柜台，里面也不开灯，黑黢黢的，少人光顾。摆小人书摊的正好利用这道墙，让他打开的折叠书架有所依靠。我曾是这个书摊的常客。就地租看连环画，一分一本，带回家看一天则加倍。精明的老板会把一册厚书拆开，订成两本。后来他也出租武侠小说和旧杂志，我得以读了不少《万象》和《杂志》。

到金陵中路口左拐，有信大米店、造坊（油盐酱醋店）、糕团店、大饼油条脆麻花老虎脚爪店、绒线球鞋店、缸甏瓷器店、南货店、煤球店，直到嵩山路转角的小水果店和小烟纸店。那时没有瓶装食用油和酱油，居民自带油瓶到造坊去"拷"。伙计给足分量之后，会送你一个用画报纸折成的无底小圆锥，尖头朝下帮你塞在瓶口。

十字路口西北角，双开间的源昌新烟纸店是冬天孵太阳的最佳地点。祖父戴罗宋帽，双手拢在棉袍袖子里，经常靠着柜台与"阿大"（读作"阿杜"，宁波帮商店的经理）聊天。门前有粢饭豆浆摊，五分一碗的咸浆是我的最爱，小葱、榨菜末、虾皮、油条块、猪油渣、辣椒油诸般作料齐备，远比永和大王地道。沿金陵路往西，路北有百货店、理发店、中药店等。弟妹若生小病，母亲会差我去中药店买午时茶或鹧鸪菜。若往东，便渐近八仙桥的核心地带。路南有国华煤球店、蝶来照相馆和弄口也有皮匠摊的永乐里。皮匠不仅修鞋，还管绱鞋。勤俭的主妇们自己用新布做好布鞋面，用旧布纳好鞋底，拿给皮匠组装。他也可以给顾客配上皮底或车胎底。弄内一所大宅子里，是我上小学的"崇真学堂"。弄口摆了几家专做小学生生意的摊头。那年头时兴用牛皮纸或画报纸包新发下来的课本，卖包书纸是一笔好生意。路北有全福和酒店、布店、南货店、面馆等。还有一个单开间门面开了两家店，一半卖炒货，一半卖文具。拐入普安路，便是有点名气的日新池浴室。

过普安路口迤逦往东，越来越热闹。拣大的说，两边有茶叶店、米店、镇江恒顺香醋专营店、日日得意楼茶馆兼书场、皮货店、赫赫有名的老人和本帮菜馆等。给我印象最深的却是陆稿荐熟食店。砧板后面的胖师傅像活招牌。一角二分一大块酱汁肉加酱百叶结。酱肉色彩鲜艳，入口即化，甜咸两味交融，恰到好处。到龙门路口，八仙桥展开它的华彩乐章。马路变宽，有电车叮当来往。过了菜场，路北一字排开一家大南货店、天津达仁堂中药店、金字招牌的协大祥和宝大祥等。路南，从把角的邮局（门口有代写书信的摊子）和西湖浴室开始，一路过去，直到西藏路口的黄金大戏院，同样繁华。剩下最后一个地标，也是最高亢的音符：西藏路上的基督教青年会大楼，为有别于北四川路青年会，一直被叫做八仙桥青年会。

若在龙门路口南拐，折入淮海路西行，这一段淮海路虽说不是黄金地段，毕竟也是老霞飞路的底子。商店多少带了些洋气，有皮鞋店、西药房、西饼店等。过普安路是"外国坟山"的围墙，连接嵩山路救火会（一直那么叫，其实正对望亭路南口）的瞭望塔。再过去是公安分局，原嵩山路"巡捕房"。"巡捕房"后身仍是"外国坟山"的围墙。我与少年时代的游伴曾翻墙进去，里面除了西人墓碑，也有华人的坟茔。

最后说说娱乐。新中国成立初期，流行打康乐球，一种山寨版的台球。谁家置办了一副，便拿到弄堂里或马路边上找人一起玩。也有比较正式的台球房，当时叫落袋或落弹店，按时收费。有种带博彩性的游戏叫"打陶勃儿"，源于英语"double"，加倍赔付的意思。玻璃罩下有一个长方形台盘，盘的右下侧外面装了带弹簧的把手，里面有一截短短的弹道；盘面上按规则分布若干周围布满钢针的小孔，留出一个口子可以进弹。顾客花几分钱，就可以向外或松或紧拉出把手，依次打出几个钢珠，让它凭惯性滚动，期待它落进某一个小孔。上方顶端中央那个小孔叫"double"；最难进的是下端中央的孔，赔率最高。其实赔的不是钱，是奖品：牛轧糖、鹅牌咖啡茶、RCA水果糖什么的。最有意思的是过年时候，乡下人在马路上摆的套泥菩萨摊头（沪语说"nana菩萨"）。顾客出五分或一角钱换若干藤圈，站在几尺外，凭眼力（沪语说"眼火"）和手劲扔出去。泥偶由小到大，由近到远，由简陋到复杂、精致，套中任何一个，都可以取走。近的价贱，好套；远的值昂，难中。最后一排有福禄寿三星，套中了是个彩头，很喜庆。

还有影剧院。那时候电影院和剧场都叫大戏院。前文提到的黄金大戏院演京剧，恩派亚演越剧和滑稽戏。爱多亚路（延安路）上，由东向西为南京大戏院（电影院亦称大戏院）改名的北京大戏院，望亭路口的龙门大戏院，嵩山路口的沪光大戏院。沪光的舞台上方高悬蓝底金字大匾：海上银都。龙门很小，门口有个专售糖炒良乡栗子的小店，用特制的长圆形牛皮纸袋装栗子。这个细节本来藏在我的记忆深处，无由触发。后来读陆游《老学庵笔记》，内有一则曰："故都李和炒栗，名闻四方。他人百计效之，终不可及。绍兴中，陈福公及钱上阁出使虏庭，至燕山，忽有两人持炒栗各十裹来献，三节人亦各得一裹。自赞曰'李和儿也。'挥涕而去。"这个"裹"字令我一惊。莫非当年龙门大戏院门口的糖炒栗子包装，乃是八百多年前的汴梁遗风？

到 21 世纪，延中绿地建成，除了前身为北京大戏院的上海音乐厅作为历史建筑得以保存，八仙桥作为居民区和商业区彻底消失，成为一个历史地名。南移后的上海音乐厅，正好压在原先的华格臬路小菜场上。

北京乎

今年春天在北京的书店里看到《梦回北京：现代作家笔下的北京 1919～1949》这本书，很喜欢。翻看目录，上下两册书中收录的文章，近一半是名家名文，如周作人《北京的茶食》、俞平伯《陶然亭的雪》、郁达夫《故都的秋》、朱自清《潭柘寺与戒台寺》、梁实秋《北平的街道》等，见于各家的文集，为寒斋所藏。对我来说，买一部只有半部有用，书价又贵，犹豫半天，还是放弃。

来巴黎后，空闲的时间较多，就像想吃中国菜一样，很想读中国书。在王爷街的友丰书店重睹此书，如逢故人，又有买的冲动。一看标价 84 法郎，是国内售价的 6 倍，轻叹一声，又放下了。后来在友人家的书架上又和它打了个照面，蒙友人允借，急忙携回寓所，仔仔细细、逐字逐句读了两遍，大慰客居寂寞和故国之思。

全书美不胜收。稍憾者，编者姜德明先生定的体例太严，只收现代作家的作品，"所以举凡政治家、历史学家或

巴黎圣日尔曼大街上有名的"双偶人"咖啡馆。室内中央一根柱子下端有两个木雕彩绘的东方人偶像，真人大小，坐姿。

其他科学工作者所写的关于北京的文章，虽然写得不坏也不收"。因此我们读不到顾颉刚写京西妙峰山的文章，研究太平天国的谢兴尧写的《中山公园的茶座》。其实，正如作家的文章未必都是上乘，专家学者写起本专业以外的文章来，时有优秀的，至少别具一格的散文。当年周作人编《中国新文学大系·散文一集》，是把顾颉刚那篇奇长的《古史辨自序》也收进去。这一头的标准严了，另一头似乎宽了一点。有些入选的文章，作为文章并不坏，只是与北京的关系不密切，仅沾一点边。如黄宗英的《故都传说》，是作者写给"甄哥"的信。3000字左右的文章，涉及北京的仅短短两段。一说她本企望重返燕京大学，后未果。二谈北京剧坛："胜利后华北剧坛未见任何起色，除了老套外，舞台上又多了些伸脖子瞪眼睛挺胸脯举拳头的英雄而已。只是业余剧团，庆祝演出极多。成绩如何不详。"

此书带给我许多惊喜。一是读到姚克、徐訏、叶灵凤等人写北京的文章。叶灵凤于1927年夏天有北京之游，先住海淀燕大（今北京大学）。当时未名湖畔那座外观似宝塔的水塔正在兴工建筑。"我支枕倚在床上，可以看见木架参差的倒影。工人们'邪许'和锤声自上历乱的飞下，仿佛来自云端。入夜后那塔顶上的一盏电灯，更给了我不少启示。我醒在床上望了那悬在空际的茕茕的一点光明，我好像巡圣者在黑夜遥瞻那远方山上尼庵中的圣火一般，好几次冷然镇定了我彷徨的心情。这迷途的接引，这黑夜的明灯，我仿佛看见一双少女的眼睛在晶晶地注视着我。"后来他搬到城里去住。他觉得北海比中央公园好。北海的好处，不在九龙壁和白塔，而在"沿海能有那一带杂树蜿蜒的堤岸可以供你闲眺。去倚在柳树的阴下，静看海中双桨徐起的划艇女郎和游廊上品茶的博士，趣味至少要较自己置身其中为甚"。他在北方不看京戏，宁可被人奚笑为如入宝山空手而归。"纵使我们的梅兰芳再名驰环球中外倾倒，我们去看京戏的兴致也终不能引起。我觉得假如要听绕梁三日的歌喉不必（按："不必"疑为"不如"之误）往上海石路叫卖衣服的伙计中寻找，要看漂亮的脸不如回到房中拿起镜子看看自己。"妙在逮后一句，非"江南惨绿少年"（叶氏自称）、洋场才子莫办。

另一个惊喜是发现邵燕祥先生13岁就发表文章。《初冬的黄昏》和《登城记》原载1946年10月和11月北平《新民报》，是两篇用何其芳《画梦录》的笔触抒写少年感伤的小品。文人早慧，信然。

朱光潜的《后门大街——北平杂写之二》带给我最大的惊喜。原作发表在《论语》半月刊1936年一〇一期，朱先生时居后门内慈慧殿三号。从慈慧殿出后门，一直向北走就是后门大街（今地安门大街），向西转稍走几百步路就是北海后门。朱先生每日散步，不入北海而是前往后门大街。

一到了上灯时候，尤其在夏天，后门大街就在它的古老躯干之上尽量地炫耀近代文明。理发馆和航空奖券经理所的门前悬着一排又一排的百支烛光的电灯，照相馆的玻璃窗里所陈设的时装少女和京戏名角的照片也越发显得光彩夺目。家家洋货铺门上都张着无线电的大口喇叭，放送京戏鼓书相声和说不尽的许多其他热闹玩艺儿。这时候后门大街就变成人山人海，左也是人，右也是人，各种各样的人。少奶奶牵着她的花簇簇的小儿女，羊肉店的老板扑着他的芭蕉叶，白衫黑裙和翻领卷袖的学生们抱着膀子或是靠着电线杆，泥瓦匠坐在阶石上敲去旱烟筒里的灰，大家都一齐心领神会似的在听，在看，在发呆。在这种时候，后门大街上准有我；在这种时候，我丢开几十年教育和几千年文化在我身上所加的重压，自自在在地沉没在贤愚一体、皂白不分的人群中，尽量地满足牛要跟牛在一块儿，蚂蚁要跟蚂蚁在一块儿那一种原始的要求。我觉得自己是这一大群人中的一个人，我在自己的心腔血管中感觉到这一大群人的脉搏的跳动。

凡是大城市的居民，必对城市中某一条街特别熟悉、亲近。这条街未必是这个城市里最重要、最繁华的，而是他朝夕过从的，家门口的。笔者在北京已住了30多年，在北大当学生时，说也惭愧，课余常去，几乎每日一至的，不是韩素音誉之为"世界上最美的校园"里的湖畔柳荫，而是与学生宿舍区仅隔一条马路的海淀镇大街，混在那时候——20世纪50年代末和60年代初——还不十分拥挤的灰色和蓝色人流里，巡阅各家简陋的店铺，什么也不买，也没钱买，只是为了看那一份热闹，听那一片喧闹。就业后搬过几次家，10 年前在西单与西四之间的一条胡同里安顿下来。单位就在宿舍隔壁，免了上下班挤车之劳。坐了一天班之后，脑子里昏昏沉沉，不想马上回家，又把自己关进四堵墙围起来的一个小空间里。于是，如同学生时代逛海淀一样，脚步似被市声吸引，总是朝反方向走。出胡同口，是甘石桥。右转，往南，是西单北大街；左转，往北，是西四南大街。西单北之繁华，这几年已赶上王府井了。可是我宁愿往北，不往南。我追逐热闹，但是害怕过分的拥挤。西单北大街行人之多，用"摩肩接踵"来形容一点也不夸张。闲逛意味着左顾右盼，随时驻足，在西单北可容不得你这么消停。西四南则不然，你不必担心有人踩你的脚后跟。这条街的繁华有间歇，有一种节奏。北端，西四十字路口和丁字路口一带，比南端繁华，路东又比路西热闹。

你取道路西。在胡同口的食品店买一瓶酸奶，站着喝完。在丰盛胡同口，你或许买一串烤羊肉、一块烤白薯。在报摊上，你买一份《北京晚报》加一份《中国电视报》——如果是星期一，或者《南方周末》——若逢星期六。遇到好天气，一家个体餐馆会把桌子和火锅搬到人行道上。另一家餐馆门口的铁笼子里，有时关着一对乌脚白鸡，有时盘着一条金环蛇。漆着"生猛海鲜"四个红字的橱窗背后，鱼缸里永远养着活鱼。你却怀疑自来水怎么养海鲜。过了缸瓦市，有一段没有店铺。闹中取静，这里有个基督教会堂，院子里大照壁上"信""望""爱"三个大字，从街上就能望见。再往前，你到了砖塔胡同口。"元万松老人塔"锁在一个小院子里，塔前的临街平房开着一家电器商店。也许是北京的古迹实在太多了，这座古塔只是区级文物保护单位。在羊肉胡同口，你观看电影院的海报和排片表。继续往前，你扫一眼理发店橱窗里的新潮发型照片，照相馆橱窗里的新娘披纱捧花照片。走过"西四小吃城"的宫殿式门面，从一个门洞上楼梯，便是杭州奎元馆，一碗爆鳝面卖20元。下一家是同和居，外国人编的导游手册上说它是风味最纯正的鲁菜馆，推荐名菜贵妃鸡，却没有尝过。至此，你已经站在西四十字路口了。

你穿过马路，沿着路东往回走，首先经过西四菜场。那里货物太多，里面摆不开，一部分柜台索性设在外头。在水产柜台，你可以买到活的鲫鱼和黄鳝、田螺和毛蚶，大连的海蛎子。过了菜场，市房缩进去一段，拓宽的人行道成了有照和无照摊贩的天下，卖大幅招贴画、花卉盆景、饼干麻糖、袜子手套，乃至耳环、项链、钥匙圈。这里有家茶叶店。春天，经理从杭州请来两位妙龄少女，在店门口安下电灶，当众表演炒茶。所炒的龙井茶，据说是当天从杭州空运来的。一小包不足半钱的新茶，卖价 4 元。不知是为了那两位小姐还是为了尝新，你破费买了一包。走过西四百货商场，如果你无意进去看电器柜台播放的卡拉 OK 带子，你就穿过丁字路口。你经过一家接一家的饭馆和时装店。有一家餐馆与砖塔隔街相望，你若在日落时分上楼，选一个朝窗的座位，便能免费欣赏菜单上没有的古塔夕照。你走过一家关门的书店：经营者想尽一切办法，从九折到砍价，都未能维持下去。不远是一家寿衣店，永远未见顾客上门，却用不着担心歇业。你来到砂锅居门前。这家店明朝末年就在此地开张，名气自然不小。房屋多年未经翻修，里里外外都显得破旧、落伍。不敢说那有名的砂锅白肉比崇祯年间如何，至少不如 60 年代初了。它虽然平民化，生意却不好。匆忙的行人无暇怀古，宁可多走几步，光顾加州牛肉面大王。再往前，原来一家副食店，摇身一变成了气派不凡的广东阿静酒楼。接着是邮局，从北京兴办现代邮政那一年起，它一直在那里营业。你看一眼花花绿绿的通俗杂志封面，或许买一本《大众电影》。你穿过大街，回到你出发的胡同口。

在西四南大街，你是北京的一个市民，一个消费者，你是轻松的，暂时遗忘了种种烦恼。你甚至是幸福的，至少没感到自己是不幸的。

北京乎！

砖塔胡同

　　语言学家探溯"胡同"一词的起源，必引元人李好古的《张生煮海》杂剧第一折。剧中张生与龙女定情后，家童凑趣，与龙女的侍女梅香调情。家童云："梅香姐，你与我些儿什么信物！"侍女云："我与你把破蒲扇，拿去家里扇煤火去！"家童云："我到哪里寻你？"侍女云："你去那羊市角头砖塔胡同总铺门前来寻我。"足证元大都城里，已有砖塔胡同。这条胡同至今犹存，位于西四丁字街口西侧。北面的一条胡同名羊肉胡同，即古之羊市。至于"总铺"，学者考证即军巡铺，相当于今天的派出所。顾学颉《元人杂剧选》注："宋代都城里，坊巷近二百余步，设一所军巡铺；夜晚，巡警地方盗贼烟火。"今北京东城有总布胡同，其义不可解。或曰："总铺"之讹。

　　砖塔胡同因胡同东口（通西四南大街）的砖塔而得名。提起此塔，颇有来历，正式的名称是"元万松老人塔"。明刘侗、于奕正著《帝京景物略》卷四之《西城内·万松老人塔》言之甚详。竟陵派"幽深孤峭"的好文章，不妨全录：

　　万松老人，金元间僧也。兼备儒释，机辩无际，自称万松野老，人称之曰万松老人。居燕京从容庵。漆水移剌楚材，一见老人，遂绝迹屏家，废餐寝，参学三年。老人以湛然目之，后以所评唱《天童颂古》三卷，寄楚材于西域阿里马城，曰《从容录》。自言着语出眼，临机不让也。楚材序而传至今。老人寂后，无知塔处者。今干石桥之北，有砖甃七级，高丈五尺，不尖而平，年年草荣其顶，群号之曰砖塔，无问塔中僧者。不知何年，人倚塔造屋，外望如塔穿屋出，居者犹闷塔占其堂奥地也。又不知何年。居者为酒食店，豕肩挂塔檐，酒瓮环塔砌，刀砧钝，就塔砖砺，醉人倚而拍拍，歌呼漫骂，二百年不见香灯矣。万历三十四年，僧乐庵讶塔处店中，入而周视，有石额五字焉，曰"万松老人塔"。僧礼拜号恸，募赀赎而居守之。虽塔穿屋如故，然豗肩、酒瓮、刀砧远矣。

　　文中"移剌楚材"，即大名鼎鼎的耶律楚材，号湛然居士。"干石桥"，因桥下原有一条干河而得名，今讹作"甘石桥"。此文应作于崇祯初年，17世纪30年代。100年后，到乾隆年间，乐庵和尚早就有了自己的骨塔，而这座年年顶上长草的砖塔，想必也岌岌可危了。《日下旧闻考》："万松老人塔在西四牌楼南大街之西，其北则砖塔胡同也。塔在民居中，原额无存。本朝乾隆十八年奉敕修九级，仍旧制。塔尖则加合者也。"多亏这一修，砖塔得以保存下来。这以后的沧桑，不太清楚。笔者首次从砖塔脚下走过，已是20世纪60年代。塔有院，院有墙，墙临街，辟门，门上有石额，依稀可辨"元万松老人塔"六字，叶恭绰书。木门两扇，敝旧，常扃不启。从门缝中窥视，乃一荒凉的小院，杂草蔓生，一塔颓然。又20年，塔、墙、门、额皆焕然一新。墙上钉一红色搪瓷牌：北京市西城区文物保护单位。再过几年，墙内建屋，屋中开店，卖家用电器。店堂的后墙挡住了砖塔，所幸在街上和胡同里还能看到塔的上半截。又过几年，家电商店变成妇女用品专卖店，门口站着两个木头模特儿，分别穿着红色和黑色的性感内衣。行人不以为不协调，近在咫尺的广济寺的和尚走过也不以为忤。昔年乐庵和尚不能容忍万松老人的遗蜕与酒瓮、刀砧、豕彘肩共处，当代的高僧无所谓塔院里出售文胸。佛法本圆通，有道是酒肉穿肠过，佛祖心中留。色即是空，空即是色。大可不必较真儿。

　　砖塔的故事到此为止。砖塔胡同有它自己的故事。

这条胡同所属的街区，元、明两代叫咸宜坊。其南有粉子胡同，今天还叫这个名字。"粉子"亦妓女的另称，《水浒传》中叫"粉头"。砖塔胡同与妓业也有关联。据王书奴《中国娼妓史》载，清代的"红灯区"，初叶在"外城内之东西及外城外之南"。乾嘉时，青楼集中在东城灯市口一带。咸丰、同治年间，多在城外。光绪初又移于西城内砖塔胡同（俗呼"口袋底"）。《骨董琐记》引萍迹子《塔西随记》云："曲中里巷，在西大市街西。自丁字街迤西砖塔胡同，砖塔胡同南曰口袋底，曰城隍庵，曰钱串胡同。钱串胡同南曰大院胡同，大院胡同西曰三道栅栏，其南曰小院胡同。三道之南，曰玉带胡同。曲家鳞比，约二十户。……大约始于光绪初叶，一时宗戚朝士，趋之若鹜。后为御史指参，乃尽数驱出城。及今三十余年，已尽改民居，话章台故事者，金粉模糊，尚一一能指点其处。"这以后，便是宣南的"八大胡同"兴起了。

复归平淡的砖塔胡同，在 20 世纪似与文人特别有缘。1923 年 8 月至 1924 年 5 月，胡同里常见一个小个子中年男子，长衫布鞋，夹着书包往来。与他擦肩而过的路人或在街门口闲眺的居民，都不会注意他，更不可能知道，是中华民族最硬的脊梁支撑着这个瘦小的身躯。他是鲁迅。1923 年 8 月 2 日下午，他从八道湾"携妇迁居砖塔胡同六十一号"。

次年 5 月 25 日晨，他从这个宅门移居西三条胡同新屋。六十一号的大门，今天装着两道防盗铁门，沿胡同的窗户皆已堵死，大概是改作仓库了。没有人建议在墙上钉一块牌子，提醒路人鲁迅曾经居住此宅。

在鲁迅之前，1922 年 1 月至 7 月间，砖塔胡同迤南的缸瓦市基督教堂里住着一个 24 岁的年轻人，新受洗的基督教徒。他是北京土著，当时的身份是教堂举办的主日学校的主任。他喜爱北京的每一条胡同，砖塔胡同是他日常行经之地。后来他在济南的齐鲁大学教书，1933 年写了一部以小公务员为主人公，以西单、西四一带为地理背景的小说。他是老舍，这部小说是《离婚》。

小说里，热心人张大哥为同事老李找到一处住房："房子是在砖塔胡同，离电车站近，离市场近，而胡同里又比兵马司和丰盛胡同清静一些，比大院胡同整齐一些，最宜于住家——指着科员们说。三合房，老李住北房五间，东西屋另有人住。新房油饰得出色，就是天生来的房顶爱漏水。张大哥晓得自从女子剪发以后，北平的新房都有漏水的天性，所以一租房的时候，就先向这肉嫩的地方指了一刀，结果是减少了两块钱的房租；每月省两圆，自然可以与下雨在屋里打伞的劳苦相抵；况且漏水与塌房还相距甚远，不必过虑。"

作者明言"北平"，可以借此断定故事发生的年代。前辈学者似白头宫女话天宝的回忆文字中都说，从民国迁都至南京，北京改称北平到抗战前夕，故都北平空房多、物价低，一般公教人员的日子都过得很滋润。大学教授家里雇着厨子、包车夫和老妈子是常事。科员老李靠工资租五间北房，养活老婆和两个孩子，自然不难。通货膨胀、民不聊生是后话。

抗战胜利后，1946 年 2 月，张恨水从南京飞抵北平，筹备北平《新民报》。他有钱买下一所有四进院落、30 多间房的大宅，门牌北沟沿甲二十三号，后门即在砖塔胡同西口。

这个时期，北京经常停电。逢到停电，我们这位或许是中国现代文学史上最多产的作家无法执笔写作，常携杖出门散步。他有一篇《黑巷行》写他穿行砖塔胡同的情景："胡同里是土地，有些车辙和干坑，若没有手杖探索着，这路就不好走。在西头遥远地望着东头，一丛火光，遥知那是大街。可是面前漆黑，又加上几丛黑森森的大树。有些人家门前的街树，赛过王氏三槐，一排五六棵，挤上了胡同中心，添加了阴森之气。抬头看胡同上一片暗空，小星点儿像银豆散布，已没有光可借。眼前没人，一人望了那丛火光走去，显着这胡同是格外的长。手杖和脚步移动，其声的笃入耳。偶然吱咯吱咯一阵响声，是不带灯的三轮儿，敲着铁尺过来，嗖的一声由身边擦过去，吓我一跳。再走一截，树阴下出来两个人。又吓我一跳。一个仿佛是女子，一个是手扶自行车的。女的推开路边小门儿进去了，自行车悠然而去。此行不无所获。我没出胡同，我又回去了。"

他还填了一首《白话摸鱼儿》，记"禁夜市声"：

满长街电灯黄色，三轮儿无伴。寒风一卷风沙起，落叶枯条牵线。十点半，原不是更深，却已行人断。岗亭几段，有一警青衣，老枪挟着，悄立矮墙畔。

谁吆唤？隔条胡同正蹿，长声拖得难贯。硬面饽饽呼凄切，听着教人心软。将命算，扶棍的，盲人锣打叮当缓。应声可玩，道萝卜赛梨。央求买，允许辣来换。

1949 年 5 月，张恨水患脑溢血症，陡然病倒。经治疗，虽无大碍，但还不能写作。他家人口多，开销大，不得不卖掉北沟沿的大房子，迁到砖塔胡同四十三号一所小四合院居住。作家后来在这里病逝。张氏后人大概无力维修祖宅。从门口看，这房子已很破旧，甚至有点破落了。

现在的砖塔胡同，早就铺上柏油路面，大树却所剩无几了。从砖塔脚下进胡同，两侧除了民国时代的三合院、四合院，几所很有气派的大宅，也有20世纪50年代的红砖灰瓦顶宿舍楼，六七十年代的简易楼，80年代的商用楼。算命瞎子的锣声、硬面饽饽和萝卜赛梨的吆唤声只留在老人的记忆中了。将近西口，从一条小胡同往南走，相当于昔日"口袋底"的地方，每天早晨开设早市，万头攒动。为了每斤瓜果蔬菜禽蛋鱼肉能省下几角钱，附近的大娘大嫂、下岗职工、退休人员、教员科员，以赶早市为每日第一大事。你若是闲人，再说时间也不是早晨，就继续往前走。拐两个弯，豁然开朗，就到了西口。右首一幢高层居民楼，一个种着龙爪槐和月季花的街心花园。这是当年的北沟沿，今天是太平桥大街的一段。马路对过，偏南是拆了清朝的顺承郡王府——后来是张作霖的元帅府花园——新盖的全国政协办公楼。偏北是北京最贵的火锅餐厅，门厅里一对——不是一个——穿红缎旗袍的礼宾小姐亭亭玉立，更显得这家饭馆身价非凡。假如政协的清贵和京城第一火锅的豪奢都与你无缘，天公也有安排你的去处。这条街号称火锅一条街，高、中、低三档饭馆一年四季开涮，肥牛海鲜可涮，白菜豆腐更可涮，有的还兼售最平民的水饺、炸酱面和打卤面。真是：太平桥畔花又发，砖塔巷口日已斜。凭君莫话兴衰事，菠菜粉丝味亦佳。

北京·南京·上海·天津

20世纪五六十年代有一个说法：大学生毕业分配愿去"天南海北"。"天"指天津，"南"指南京，"海"是上海，"北"是北京。言"天南海北"而不是"北海南天"或"海北天南"，自然是出于修辞的考虑。事实上，大学生们优先选择的是北京和上海，其次才是南京和天津。广州未在内，也是因为四言结构容不下第五个字。

北京作为首都，上海作为最"洋气"的都市，大概都是中国人最向往的城市。南京是省会，六朝古都（加上南唐、明初、太平天国和中华民国，其实是十朝旧都），有一种历史和文化的魅力。天津论古不如北京和南京，言洋不如上海，但是有直辖市的地位，可以凑数。在地缘关系上，北京和天津是一组，南京和上海构成对应的另一组。就功能与特色而言，北京又与南京同类，上海与天津相似。可列一个公式——北京：南京＝上海：天津，或，北京：天津＝南京：上海。

一套图文并茂、名为"老城市"的丛书（江苏美术出版社，1998 年）以《老北京》《老上海》《老南京》《老天津》打头，也为我们比较这四个城市有遗迹——实物或照片——为凭的历史，尤其是居民的心态，提供了参照。

同为古都，北京犹存明清的宫殿园林、钟鼓楼台；在南京，除了郊县的石阙、石兽，却是绝对找不到六朝遗迹的。南京人怀旧的对象，主要是民国时代。辽、金不去说它，北京从元、明、清到民国前期，然后从 1949 年起，一直是首善之区，北京人也就成了天子脚下的骄民，找"饭辙"相对不难。《老北京》的作者徐城北先生说：北京的"市民贪图生理上的一时快感，贪图'这一口'，或陶醉'这一手'，从而忘记大背景大环境中的惨淡和悲哀。这也许就是昔日老北京市井文化的基调。"后半句言重了。世人，不管是老北京或是其他地方的居民，若是念念不忘"大背景大环境中的惨淡和悲哀"，这日子就没法过了。或许正因为偶尔忙中偷闲、苦中作乐，下一次小馆，听一回戏，种花养鸟，我们才能不被惨淡和悲哀压垮。老北京市民的物质享受，若就饮食而言，其实不如江南精致。周作人久居北京，曾感叹吃不到精工细做的糕点。北京洋车夫下酒的羊杂碎、胡椒盐，不如上海黄包车夫的熏鱼和四鲜烤麸。即便是北方人最拿手的面食，依愚见，炸酱面和打卤面比不上葱油麻酱拌。个大馅小的包子，与生煎馒头和汤包更是立分高下。

吃得未必最好，但是在一个没有电视，京剧（平剧）称霸的时代，北京有全国最好的戏班子，最有名的"角儿"，最热心、最内行的观众（"常座儿"）。后者对名伶的崇拜，不亚于今天的"追星"。而且"追星"只是少男少女的青春期行为，时过则境迁，而"常座儿"是终身制的，风雨不误，每场必到，乃至追到外地听戏。他们通常与伶人同步长大。伶人坐科学戏时，他们也是小孩子。从伶人实习演出起，他们开始捧场。伶人出科、出名，他们也走上社会，取得地位。梨园内部，则以师门关系和亲族关系维持一种准宗教氛围。1938年，一代名优杨小楼去世，葬礼之隆重，令人叹为观止。六十四人的大杠抬着簇新的棺轿。全体武生、武行，所有生、旦、净、丑的名伶，有头有脸的管事、场面、衣箱，统统前来送殡。北平习俗，出丧队伍中有一个人跟在灵柩后面，边走边撒纸钱，讲究扔得高、撒得远（《茶馆》最后一场有此）。当时有位撒纸钱的高手，外号"一撮毛"，已经退休，也被请来献艺。照片上，大如菜盘的纸钱满天飞扬，高过前门箭楼。我们中国人大概是最善于化解悲痛的民族：葬礼可以办成庆典（"红白喜事"），可以容纳杂技表演，送殡回来还有一桌宴席。

北京官多，市井其实不是"主旋律"。天津是华北最大的商埠，市井生活更具张力。南市三不管（民不管，官不管，洋人也不管），有游乐场、赌场、妓院、鸦片馆、卖假货的地摊，更多平民小吃摊。甜的：粘糕、碗糕、发糕，糖的、豆沙的、枣泥的、红果的、菠萝的；咸而荤的，单是肉饼就有几十种；咸而素的，从素包子到炸豆泡儿、煎豆腐、炸豆腐；自然还有煎饼果子和天津卫地道的贴饽饽熬鱼。

天津有九国租界，租界有各国风格的洋楼。居住洋楼的不光是洋人和本地富人，也有前清遗老、下野的军阀和政客。北洋政府时期，北京的达官贵人也喜欢到天津过周末，享受一下欧化的生活。德国厨师起士林开的正宗西餐馆，名播京津。天津总比北京时髦，当初也有与上海一争雄长的野心。据《老天津》的作者林希先生说，天津人从20世纪20年代起开始服输，原因是无声电影兴起，天津人从无声电影里看到上海滩的繁华，自愧弗如。30年代上海拍摄的有声电影充分展示了大上海的时髦社会和时髦人生，彻底征服了天津市民。从此天津人的消费行为以上海为榜样，上海的"美丽"牌香烟在天津的销量超过本地产的"前门"牌，便是明证。窃以为，这里恐怕还有深层的原因。天津的命运似乎与北京连在一起，民国迁都南京之后，北京人气衰落，天津的市面也大受影响。天津的辉煌部分凭借北京的财力，文化上更以北京为依托。总而言之，它缺乏足够的自信，连香烟商标也要借用北京的建筑。这种心理，一直延伸到 1949 年以后。50 年代，天津生产了中国第一台电视机，用的商标竟是"北京"。

南京负载的物质历史没有北京那么沉重。六朝是飘忽的回忆；明朝只留下明孝陵、鼓楼和残缺的城墙；太平天国可供凭吊的遗址唯有天王府西花园的石舫；清朝 260 余年，也只有夫子庙大殿、贡院明远楼和几处官衙宅第作为见证；民国遗物却是无处不在。民国的建筑、民国开辟的马路今天还在使用，民国栽下的法国梧桐亭亭如盖，虬枝密叶在马路上空交接，给城市带来清凉和绿荫。然而流经夫子庙前的秦淮河却贯穿了南京的古今，难怪《老南京》的作者叶兆言先生为这本书加了"旧影秦淮"的副标题。

民国时代的秦淮歌女，其性质近似艺伎。鼓词歌星小黑姑娘靓妆华服，一双明目本应流盼四转，却仿佛微含哀怨，直盯着你看。我更喜欢第 29 页上的照片：秦淮歌女到妇女会陈述赈灾要求。四位歌女烫短发，淡妆，穿短袖旗袍，列坐长桌的一端，其中一人手执打开的黑底绘花折扇。歌女有文化，也参与社会事务，不同于北京八大胡同和上海会乐里的烟花女子。

　　第 30 页和第 31 页的照片分别是"南京街头的茶馆"和"在街头茶馆喝茶的客人"。老南京多空地和绿地，这两处更像是公园茶座而不是街头茶馆。尤其前一张照片，近景是草地上两张空茶桌和散置的空藤椅。茶杯倒扣在一尘不染的黑漆桌面上，映出倒影。远景，树荫底下的茶桌边上才有人坐。一派祥和闲适的气氛。

　　学府是民国首都南京的骄傲。从硬件到软件，政府要把中央大学办成国内第一品牌。宏伟的西式大门（试比较《老上海》中复旦大学的衙署式大门和交通大学的牌楼式大门）后，大道平直如砥，引向四层圆顶的主建筑（第 99 页的照片）。学生第四宿舍，一组二层洋楼，是女生住的地方（第 101 页）。小说家叶兆言猜想："这里的女大学生想来都是花容月貌。"他忘了补充，冯和仪，日后与张爱玲齐名的女作家苏青，在这里住过。"C 大学的女生宿舍共有四所楼房，以东南西北为名，我住在南楼，窗子正对着大门。大门进来，便是会客室了。每晚饭后，我凭窗眺望，只见一个个西装革履的翩翩少年从宿舍大门进来，走进会客室，一会儿门房进来喊了：'某小姐，有客！'于是那个叫做某小姐的应了一声，赶紧扑粉，换衣服，许久许久之后，才打从我窗下姗姗走过，翩然跨进会客室去了。"（苏青《结婚十年》）

虽然蒋介石曾兼任中央大学校长，后改任永久名誉校长，"中大"却并没有办成国民党培养官僚的学校。它以李瑞青倡导的"嚼得菜根，做得大事"为校训，以"诚、朴、雄、伟"的学风造就了许多第一流的人才。20世纪40年代末，中国最早的81名院士中，33人与"中大"有关。国立大学如此，号称"贵族学校"的教会大学又如何呢？第112页的照片是楼房后面的一片空地。一口井占据画面中心偏右的位置。井旁，一位穿浅色短袖旗袍的青年女子低头俯腰，双手像在放下一个刚打满水的水桶。她的脚边有一个白色搪瓷脸盆。照片左下角，有一位穿白色短袖旗袍的少女蹲着身子洗衣服。右侧，几名剪短发的少女，或站，或蹲，或正在弯腰。背景是一个简陋的芦席棚，两架竹梯，一条晾满白色衣服的绳子。别以为这是某个战地医院或某所流亡学校，图片说明："金陵女大的学生在课余时间洗衣服，摄于一九四六年。"金陵女大的学生都出身殷实家庭，但是这所学校朴素的校风，于此也可见一斑。

面对上海的繁华、财富和时髦，南京人不像北京面对天津，瘦死的骆驼也比马大。对于上海，南京是"内地"，是法国人所谓的"外省"。张爱玲的小说《半生缘》中，上海人叔惠随同事世钧到南京去玩，住在世钧家里。南京还用马车作交通工具，叔惠感到新鲜。世钧对叔惠议论他的表妹翠芝："你没看见人家那股子骠劲，真够瞧的！小城里的大小姐，关着门做皇帝惯的吗！"叔惠笑道："小城里的大小姐，南京可不能算是小城呀。"世钧笑道："我是冲着你们上海人的心理说的。在上海人看来，内地反正不是乡下就是小城。是不是有这种心理的？"其实南京人自己也是认同的。

这几年，关于老上海的画册和书籍出了不少。吴亮先生编的《老上海》里收录的旧照片，有许多我们已在别处见过。文字部分，也没有提供一般读者不知道的内容。吴先生是文评家，考订非他所爱。他不系统介绍老上海的某些方面，而是从一张照片出发，运用其罗兰·巴特式的文体，作"即兴的、恣意的、本能的"想象，杂以一定剂量的玄思。

如果秦淮歌女是南京的特产，是国粹，那么欧化的舞厅和舞女何止是十里洋场的一大景观。犹如北洋政要喜欢到天津去过周末，上海的舞厅里常有南京政府大员的身影。我们看到百乐门舞厅（第108页）和大都会舞厅的内景（第109页）。第106页的照片（20世纪30年代的四位上海舞女）引出吴亮先生大段感想和议论：

如果不是有了摄影，这四位亭亭玉立的舞女谁又会知道呢。昙花一现的微笑，快乐、矜持、含蓄地卖弄风情，不要说它们稍纵即逝，就是她们身着的旗袍，也早已经化成朽土。

让我们好好地瞧一瞧她们的穿着打扮：两位旗袍，两位长裙。穿长裙的似乎更豪放，袒胸，尽管有一层如蝉翼的纱——手臂的交叠，又略显斯文收敛，知书达理；但腰胯腿腹的曲线，仍掩不住蜿蜒而下，让人想象其中内藏的热力与性感。

搞清她们的身世肯定疑难重重，不过，这的确极为诱人。假如其中尚有人健在，又能否向她索要一段故事，哪怕一鳞半爪，甚至建立在回忆上的遗忘？一定是满脸皱纹的老妪了，也许相反，说不定童颜鹤发？

近代史教科书上，舞女是一职业，也是一概念，它和照片不同。教科书是解释，是评价；照片是呈现，呈现出一个瞬间：四个舞女，比肩而立，面如满月，青春犹在。

在那一刻，生活正行进半路，前途莫测，喜怒哀乐，世风浸染，各有打算。她们身后，背景模糊不清，好像是绘制的莲花，地点为何处，实在缺乏凭证。照片的影像正越变越淡，快要留不住了。那曾活跃在欢乐场的四舞女，当初是否听到这样的诗：生命本短暂，行乐须及时？

让我再睹你们的芳容。

请允许我作一苛刻的评论。这篇体现吴亮特色的短文，总体上是好文章，但是时落俗套。第二段精彩，不过开头那一句太白，太不"海派"，而且大可删掉而不害文义。第四段亦好，超脱了泛泛的感伤，后现代的思辨开始介入了。第六段的单句，"让我再睹你们的芳容"，像是蛇足。

女学生穿旗袍，歌女、舞女穿旗袍，职业妇女（《老南京》第 104 页）穿旗袍，太太小姐自然也穿旗袍。月份牌传播的审美趣味和时装潮流（《老上海》第 105 页）风靡全国"女界"（借用民国时代报刊上的说法）。在相对保守的北京，一位穿无袖旗袍的少妇（《老北京》第 180 页）曲线毕呈。《老上海》第 110 页的照片：殷实人家"作台城"。一间布置奇怪的西式房间，有点像古董店（供在半人多高的大花瓶上的佛像，许多神像，悬在红木架子上的像是一面锣的东西……），二男二女在作方城之戏。两位男士穿长衫，两位女士穿无袖旗袍。长衫永远有长袖，而旗袍，除非套在裘皮大衣里，必是短袖乃至无袖，裸露的一弯玉臂似在作含蓄的挑逗。上海如此，南京、天津、北京亦复如此。有意思的是，那张"殷实人家打麻将"的照片亦见于《老天津》第 66 页。这个场面（除了那个房间的布置）其实是超地域的，搬到哪座城市去都可以。

　　每座城市都有它的个性，但是民国时代的中国城市亦有其共性：旗袍、麻将。我本想加上茶馆，细想又觉不妥。茶馆有更多的地域特征，南京绿荫下的街头茶馆不同于北京中山公园柏树林里的茶座，更不同于成都少城公园的"鹤鸣"。我们翻阅这些老照片，穿过时光隧道从一个城市到另一个城市漫游，从庙堂到歌场舞榭，直到人家的内室。那个时代的苦难已经湮没在历史的长河里，那个时代的风流总被雨打风吹去。如果说家庭照相簿记录家族与个人的历史，不足与外人传观，城市的旧照却是我们的集体记忆的组成部分，我们共同的财产。它们印在书里，就像装在镜框里的画片，更多的是艺术品而不是史料。我还想看到《老广州》《老成都》《老杭州》等书。

东昌坊口·清河坊·后门大街

我们知道东昌坊口这个地名，是因为鲁迅出生在那里。鲁迅在《朝花夕拾》里披露他的家世，记述新台门内外的人物，怀念百草园和三味书屋。我们读其书不仅想见其人，还想了解其生活环境，因此鲁迅在绍兴、北京和上海的故居得以保留。故居只是一所房屋，位于某一城市中的某一街坊。故居是核心生活空间，街坊是其最近的外圈，整个城市则是更大的外圈。对于与周氏家族的物质生存关系密切的那个空间，即少年周树人每日经过的街道，我们也想有所了解。于是饶有兴味地去读周作人的《鲁迅的故家》，我们发现，民国以前的绍兴东昌坊口虽不是热闹地盘，却已有发达的商业活动。

那东昌坊口是一条冷落的街，可是酒店却有两家，都是坐南朝北，西口一家曰德兴，东口的即咸亨，是鲁迅的远房本家所开设，才有两三年就关门了。这本是东西街，其名称却起因于西端的十字路口，由那里往南是都亭桥，往北是塔子桥，往西是秋官第，往东则仍称东昌坊口，大概以张马桥为界，与复盆桥相连接。德兴坐落在十字路的东南角，东北角为水果莲生的店铺，西边路北是麻花摊，路南为泰山堂药店，店主申屠泉以看风水起家，绰号"矮痢胡"更为出名。路南德兴酒店之东有高全盛油烛店，申屠泉住宅，再隔几家是小船埠头，傅澄记米店，间壁即是咸亨，再过去是屠姓柴铺和一家锡箔铺，往南拐便是张马桥了。路北与水果铺隔着两三家有卖扎肉和腌鸭子的没有店号的铺子，养荣堂药店，小船埠头的对过是梁姓大台门，其东为张永兴棺材店，鲁迅的旧家，朱滋仁家，到了这里就算完了，下去是别一条街了。

商业网点的自发组织，可谓完善。那些聚族而居的台门人家，在出门半里的范围内，几乎可以买到一切日常用品，得到一切基本服务。酒店是公共空间，埠头交通方便。居家过日子，柴米第一不可缺。这里有米店和柴铺。油烛店，应是卖照明用的煤油和蜡烛。频繁的祭祀活动离不开锡箔。嘴馋了，可以去照顾麻花摊或扎肉腌鸭子铺。抓药有药店，乃至死了人买棺材也无须远求。

清末的东昌坊口没有留下照片。所幸我们还能见到老绍兴东昌口的照片（见张能耿《鲁迅早期事迹别录》，河北人民出版社，1981 年）：一条狭窄的石板街，两边夹杂着店铺和住家，也有货摊，与保存至今的江南小镇的老街并无二致。街上没有树，没有车辆来往，也看不到河道。小河在街南的房屋后面。当年到小船埠头搭船，想来也应"往南拐"，穿过两座房屋之间的一条夹弄。

2001 年 9 月，我站在昔日的东昌坊口——今天的鲁迅路——一条宽阔的、栽着法国梧桐的沥青路上。周氏新台门、老台门和鲁迅纪念馆在路北。这三个"景点"之间开着几家食品店和旅游商品店。鲁迅纪念馆的西式楼房是北京鲁迅纪念馆的翻版，虽然加了个中式大屋顶，但与周围建筑仍不协调。路虽宽，旅游车、公交车、出租车和私家车却往来如织，过马路需要小心。当初是路南的商店比路北多，后来为了拓路，南侧的房屋，连同咸亨酒店旧址，全都拆掉，于是景观大变。现在路南直临小河，隔河是民居的后墙和窗户。老台门对过，过覆盆桥左拐，便是三味书屋，门前泊着几条守候游客的乌篷船。新版咸亨酒店，包括一个比较平民化的酒饭馆（黑漆八仙桌和长板凳，据说是复制老咸亨的格局，但是老咸亨只卖酒和茴香豆，不卖饭菜的）和一家装修豪华的高档餐厅，开在原东昌坊口十字路口迤西路北靠近闹市区大云桥的地段。那地方也属鲁迅路，不过其实与东昌坊口已不搭界了。

没有办法。通常，我们可以保留名人的故居，却无力保存故居周围的环境。不过东昌坊口（鲁迅路）代表一个悖论：正是为了给旅游者、参观者提供交通方便，人们才改变了老街的面貌。好在，尽管今天的鲁迅路已不是当年的东昌坊口，东昌坊口这个地名已进入文学史，传下来了，而鲁迅路只出现在旅游地图上。

一条小街的传与不传，与这条街上是否生活过一个名人，或者有没有一个名人为它留下文字记载大有关系。我们绝大多数人不是名人，我们的个体生命微不足道，但是我们生活的社区是社会活跃的组成部分，它的变迁是社会变迁史的一个缩影。我常有冲动要为20世纪50年代上海八仙桥附近，夹在金陵路和淮海路之间的一个街区写点什么。那是我少年时代的生活背景，我记得每家商店、每个摊贩的位置，当然也有人物，也有小小的故事。每涉此想，我立刻提醒自己：你算老几？除了你，或许还有你少年时代的游伴，谁会对这些陈芝麻烂谷子感兴趣？所以我不敢在这篇文章里夹带太多的私货。我只说，我经常想起路东一家兼营茶馆的老虎灶，顾客以三轮车夫为主。夏天的夜晚，收工回家之前，三轮车夫们习惯把车停靠在马路边上，然后围着露天茶桌，在长板凳上坐下，疏解一天的劳累。这个时候，我和同伴——苏广成衣铺老裁缝的外孙，就会偷偷坐到一辆空车上，一边乘凉，一边谈《山海经》或交换少年人的梦想。车主发现两个毛孩子坐在他的车上，怕弄脏雪白的垫子，便跑过来轰我们……我也怀念路西典当门口的小书摊。除了连环画，摊主也出租旧小说和旧杂志。与那个时代的中学生一样，我读《钢铁是怎样炼成的》《青年近卫军》和《卓娅与舒拉的故事》，不同的是，我也读旧派小说和40年代的旧杂志：《春明外史》《蜀山剑侠传》；《万象》《杂志》《春秋》《茶话》《大众》《西点》；以我当时的水准和趣味，我喜欢陈蝶衣编的早期《万象》甚于柯灵编的后期《万象》。我知道有一个叫张爱玲的女作家。但没有想到，半个世纪后《万象》复刊，我会成为它的撰稿人……

闲话表过，言归正传。有的街道因其繁华，无须文人着墨，本来就有名气，至少在本地。不过，它们若经文人记述、描绘，便在知名度之外添加了一层文化底蕴。绍兴是小城，东昌坊口只是社区一级的商业街。杭州是省城。清末民初，清河坊是杭州的商业中心。在杭州固然无人不晓清河坊，我们外地人却是读了俞平伯的文章，才记住这个地名，而且对它也怀有亲切感的。先引几段俞平伯的名文《清河坊》：

山水是美妙的伴侣，而街市是最亲切的……读者若不疑我为火腿茶叶香粉店作新式广告，那再好也没有。

…………

这儿名说是谈清河坊，实则包括北自羊坝头，南至清河坊这一条长街。中间的段落各有专名，不烦枚举。看官如住过杭州的，看到这儿早已恍然；若没到过，多说也还是不懂。杭州的热闹市街不止一条，何以独取清河坊呢？我因为它逼窄得好，竟铺石板不修马路亦好；认它为 typical 杭州街。

…………

我们雅步街头，虽时时留意来往的车子，然终不失为雅步。走过店窗，看看杂七杂八的货色，一点没有Show Window 的规范，但我不讨厌它们。

我俩和娴小姐同走这条街的次数最多，她们常因配置些零星而去，我则瞎跑而已。有几家较熟的店铺差不多没有不认识我们的。……大约除掉药品书报糖食以外，我再不花什么钱，而她们所买绝然不同。……

…………

清河坊中，小孩子的油酥饺是佩弦以诗作保证的。……

在这狭的长街上，不知曾经留下我们多少的踪迹。可是坚且滑的石板上，使我们的肉眼怎能辨别呢？况且，江南的风虽小，雨却豪纵惯了的。暮色苍然下，飒飒的细点儿，渐转成牵丝的"长脚雨"，早把这一天走过的千千人的脚迹，不论男的女的老的少的村的俏的，洗刷个干净。

　　话说此街来历大。从羊坝头到清河坊，本是南宋御街的一段。羊坝头"在杭州上城区东部，指中山中路中段，清泰街西段，开元路东段一带。原为海滨，后建洋坝以御潮，故名。南宋御街（今中山路）穿此而过，市肆甚多，灯市尤闹。明清为闤闠最盛之地。今仍为闹市区之一"（《中华人民共和国地名词典·浙江省·杭州》，1983 年）。而清河坊与羊坝头一样，也是一个泛指的地名。狭义的清河坊是南宋临安的一个街坊，因清河郡王张俊的宅第在此而得名。入民国后，在清河坊辟路，各路段曾有不同的路名。1949 年后统称河坊街，沥青路面。俞文指涉的广义的清河坊，现为中山中路的南段。

　　2002 年 5 月 9 日，我在杭州。前夜下大雨，到当日上午 10 点半才停。我在中心商业区延安路上叫了一辆车到河坊街。从媒体上获悉，吴山脚下的这条街已改造成仿古步行街，是新的旅游景点。我进街，向东走。脚下是湿漉漉的石板路面，两侧有一式仿古的暗棕色两层木结构建筑。不知道在刚过去的五一长假期间，此地是否很热闹；而在这个非假日的雨天中午，却是游客寥寥。一路走去，除了胡庆余堂药店的大墙，无非是工艺品商店、书画店、小吃店、茶楼。一家小店专售有冰裂纹的龙游窑青瓷。我在货架前站了几分钟，店主，一个年轻人，甚是悠闲，埋头看报，竟不搭理我。一家点心店挂在门口的木牌上写着"南宋馄饨"。想起杭州各家大饭店的菜谱上都有的，据说传自汴梁，曾蒙高宗赵构御赏的"宋嫂鱼羹"，尝尝亦不过尔尔，就未去领教。找不到朱自清以诗担保的油酥饺。街的中心地段路南有家五开间门面的大茶楼。曾在电视上看到这家茶楼开业时的表演：两个瓜皮小帽、马褂长衫的茶博士各提一铜壶开水，站在二楼窗口；楼下户外，一同样装束的茶博士平伸双臂，手握茶杯；开水如线，从窗口倾下，滴水不漏注入茶杯里。这是杂技，与茶道无关。我抬头望楼上，透过敞开的木格窗，见到几排一律藤靠椅和藤桌的茶座，不过没有人影，像是暂停营业。楼下倒是没有闲着，同一店堂归两家经营。东边卖杭式面点，无特色，无非是葱油面、油豆腐线粉汤什么的。店小二戴瓜皮帽，穿对襟短褂，账房先生着长衫，戴老式眼镜，坐在老式有铁栅栏的账桌后面。西边那家，一位现代服装的中年妇女索性用上海话叫卖"上海城隍庙小吃"。快到街尽头，路心有个仿古的"南宋茶亭"。想是生意太清，无人看管。亭檐下挂着几块木牌，上书供应的饮料名称，也算存点古意。我以为若不是"四时卖奇茶异汤，冬月添卖七宝擂茶、馓子、葱茶，或卖盐豉汤，暑天添卖雪泡梅花酒，或缩脾饮暑药之属"（《西湖老人繁胜录》），至少应该卖宋朝人喝的点茶，如王婆请西门庆喝的那样"撒上些出白松子、胡桃肉"，可是木牌上写的都是当今的时尚饮品，如珍珠红茶等。

绕过茶亭，是个十字路口，杭州人叫四拐角。每个拐角上各有一座西式的钢筋水泥建筑。辛亥革命前，"河坊街的四拐角，曾是老杭州最繁华的地段，老杭州的商业中心及其象征"（李杭育《老杭州》）。与河坊街相交的南北马路正是中山中路，向北便是羊坝头。这才是俞平伯笔下的清河坊。我朝北望去，梧桐树荫下是狭长的柏油马路，逼仄的人行道。很少店铺，马路上不见车辆，人行道上没有行人。羊坝头那里想必热闹一些，这里不行。与开阔、喧闹、人行天桥如大蜘蛛盘踞半空、玻璃幕墙大楼如林如山的延安路相比，与假古董的河坊街相比，这里像是另一个时间里的另一个世界——货真价实的民国一条街，但是俞平伯怀念的雨中在坚且滑的石板上行走的情调，在这条街上早就找不回来了。其实自从辛亥革命后拆除满城，杭州的商业中心即开始向湖滨、旗下转移，俞平伯笔下的清河坊即使铺设了沥青路面（1929），也难挽颓势。

雨又下了。我撑起折叠尼龙伞，折回河坊街。当年才二十几岁的俞先生、他的夫人许宝环和他们的友人娴小姐，撑的该是油布伞或油纸伞吧。后来，俞先生夫妇和娴小姐先后北上，他们又同步于北京的巷陌，踩着比棉花还软的尘土。1925 年，俞先生在北京写成《清河坊》。与雨中在石板街上散步，与好天气"往往雇车到旗下营去，从繁热的人笑里，闲看湖滨的暮霭与夕阳"相对照，北京是"破烂的大街，荒寒的小胡同，时闻瑟缩的枯叶打抖，尖厉的担儿吆喝，沉吟的车轱辘的话语，一灯初上，四座无语"。俞平伯的趣味是士大夫的，他大概难以融入北京粗犷、粗糙、粗俗的市井。

来自南方、归自异邦的大学问家，也有喜欢北京的街市的。20 世纪 30 年代，朱光潜住在地安门（后门）内一条小胡同慈慧殿三号。他说自己"无论是阴晴冷热，无日不出门闲逛，一出门就机械地走到后门大街"。这条街虽然破烂，虽然没有半里路长，却有十几家古玩铺，一家旧书店，还有专卖旗人破落户的破铜烂铁的荒货摊。这条街龌龊，它虽不是贫民窟，一切却是十足的平民化。民以食为天，平民的最基本的需要是吃。后门大街上有青葱大蒜、油条烧饼和卤肉肥肠，那里所有的颜色和气味都是很强烈的。后门大街平凡，但是只要你有好奇心，你准可以不断发现新世界，如路西一个夹道里有一家茶馆，花三大枚的水钱可以坐一晚上，听一部《济公传》或《长坂坡》。

一到了上灯时候，尤其在夏天，后门大街就在它古老的躯干之上尽量地炫耀近代文明。理发馆和航空奖券经理所的门前悬着一排又一排的百支烛光的电灯，照相馆的玻璃窗里所陈设的时装少女和京戏名角的照片也越发显得光彩夺目。家家洋货铺门上都张着无线电的大口喇叭，放送京戏鼓书相声和说不尽的许多其他热闹玩艺儿。这时候后门大街就变成人山人海，左也是人，右也是人，各种各样的人。少奶奶牵着她的花簌簌的小儿女，羊肉店老板扑着他的芭蕉叶，白衫黑裙和翻领卷袖的学生们抱着膀子或是靠着电线杆，泥瓦匠坐在阶石上敲去旱烟筒里的灰，大家都一齐心领神会似的在听，在看，在发呆。在这种时候，后门大街上准有我；在这种时候，我丢开几十年教育和几千年文化在我身上所加的重压，自自在在地沉没在贤愚一体、皂白不分的人群中，尽量地满足牛要跟牛在一块儿，蚂蚁要跟蚂蚁在一块儿那一种原始的要求。我觉得自己是这一大群人中的一个人，我在我自

己的心腔血管中感觉到这一大群人的脉搏的跳动。(《后门大街——北京杂写之二》)

　　我是北京市民，经常或路过后门大街、地安门外大街，或在那里有约会，或者就是闲逛。2002年6月，一个凉爽的星期天下午，阴转多云，为结束这篇文章，我特意来到此地。这条街位于北京城的中轴线上，按照古人"前朝后市"的规矩，它也可以说是御街。北端丁字路口被鼓楼挡住；南端，隔着平安大道与地安门内大街相望，那条街的两侧是国防部的大屋顶宿舍楼；街西是什刹海，其周围属于旧城保护区。受此限制，它虽然也与时俱进，却非但不可能发展成市级商业中心，连建筑物的高度也受限制。一般都是平房或二层楼房，最高建筑依旧是五层的地安门百货商场，也有几十年历史了。由于是区级的商业中心，它主要为附近居民服务，保留了平民化的基调。你在进入任何一家商店之前，不必先查看自己钱包里有多少钱。除了北端的麦当劳和南口的肯德基，还没有外资介入。多的是廉价时装店，没有外国名牌的专卖店。古玩店，从我定居北京以来，只记得路西有过文物商店的门市部，现在也关张了。没有旧书店，路东的新华书店倒是维持至今。曾经开过几家民营书店，后来都歇业了，继起的是音像制品店。时装店用录音机和扩音喇叭叫卖商品，音像店用放在门口的音箱播送流行音乐。饭店自然不少，档次不高。有一家卖炸酱面和卤水小肠。茶馆没有。茶艺馆有两家，都开在茶叶店楼上。后门桥南堍新开的那家，顾及"工薪阶层"（在当前语境里，这个名词应是"成功人士"的反义词）。在楼下兼售一块钱一碗的"有机茶"。行人（我的印象，无论工作日或休息日，总是白天比晚上多，可见现在不但人多，人的闲暇时间也比从前要多得多）衣着随便，样子都很放松。若要定性，就像这条街未能像王府井和西单一样展示大都会的气象一样，这条街上的行人是已达小康、未臻富裕的平民。我们自古有"蚁民"的说法，其本义大概是：一、老百姓如蝼蚁劳碌终生，无远大志向；二、老百姓的生命无足轻重，如蝼蚁被任意践踏。朱先生把后门大街上的行人比作蚂蚁，而且把他自己算在里面，则是肯定人要和同类在一块儿那种原始的要求。区区不才，当然也认同于这样的蚂蚁。

如游三峡者顺便游览小三峡一样，我每逛后门大街，必要到烟袋斜街走一遭。这是北京内城保存下来的老街，东口开在后门大街北端路西，西口连接架在什刹海与后海相通处的银锭桥。近年来，它被纳入"胡同游"的路线之内，时有三轮车队拉着老外，浩荡而来，扬长而去。这次我有新的发现。距东口不到50米，路南，开了一家"北京国华第一命名馆"，口气之大，好像是连锁店，少说也有十来家。隔两三家门面，是一家中式成衣店。临街的玻璃门上贴着印刷的带图片的英文广告：Yan Mei Fang Fashion Studio。下方，一小方绿色有光纸上用毛笔黑墨描出几行拙劣的英文字：We sell and custom made modern and traditional Chinese clothes。我再抬头看店号：烟媚坊中式时装。位于烟袋斜街的手工作坊做出的旗袍，保你穿上就有"烟视媚行"的万种风情。不知是不是隔壁命名馆的先生给取的名字。很想结识那位先生。折回去，只见关闭的玻璃门上贴着电脑打印的告示：有事外出。先生云游去了？

歌舞滕王阁

今天我们见到的江南三大名楼，只有岳阳楼是清光绪六年（1880）所建，黄鹤楼和滕王阁皆是新建。盛世物力充裕，楼越建越高越大。滕王阁始建于唐代，屡毁屡建，最后一次，第28次，毁于1926年北伐战争中。历史建造的滕王阁自地面至屋脊，最高不过九丈。20世纪80年代重建的滕王阁中央主楼净高57.5米，比黄鹤楼高6.5米，体量是其3倍。

1998年8月的一天上午，笔者与几位友人同游滕王阁。我们从阁东的榕门路进入景区，先穿过一个牌坊，然后抵达朝东开的大门，买一张30块钱的门票，进门，穿过院子，再爬两层高台，终于登楼入阁。一级高台朝东的墙面正中镶嵌一长卷式汉白玉石碑，刻的是今人隶书韩愈《新修滕王阁记》。二级高台有八十九级台阶，作城阙状，因为宋代的滕王阁是建在城墙上的，新阁为仿宋建筑，借此以存古意。阁内底层有电梯，门开着，一位小姐招呼游人搭乘电梯直达顶层，每人一块钱，说顶层有歌舞表演，谓之"歌舞兴阁"。我们倒不是舍不

得出一块钱，但
是更愿意一层一
层爬上去，顺便
观赏楼内的装修
陈设和楼外的风
景。

南昌本地的
友人说得不错，
若要细看滕王
阁，可以玩上一
整天。我们没有
那么多时间，只
能走马观花。琳
琅满目，观之不
足。阁名以文而
传，我们却一直
没有发现王勃的
《滕王阁序》。
爬到第五层，才
在中厅正中的屏

滕王高阁临江渚，佩玉鸣鸾罢歌舞。

壁上找到它。那是苏东坡的手书，见《晚香堂苏帖》，放大后由工匠手工镌刻在黄铜板上。同游罗君素精书道，他说这不像苏字。我是外行，不置可否。后来在《读书》杂志1998年9月号上读到沈鹏先生的文章，力辩《晚香堂苏帖》中的《滕王阁序》非苏书，我对罗君乃大为佩服。

苏书的真伪且不论，围绕王文本身也有一些疑点。

王勃写《滕王阁序》时的年龄，历来都有争论。一说是他十三四岁时省父至江西路过南昌而作，另一说是26岁赴交趾省父路经南昌所为。

王勃的父亲王福畤是否在江西做过官，正史无记载。王勃匿杀官奴，事发当诛，遇上大赦才保全性命。王福畤因受儿子的连累由雍州司功参军而迁谪海南任交趾令，倒是在新旧两部"唐书"的《王勃传》里都有明言。持前一说者的主要依据是唐末王定保《唐摭言》："王勃著《滕王阁序》，时年十四。"还有《太平广记》：（勃）"年十三，省其父至江西，会府帅宴于滕王阁……"以及《新唐书·艺文志·王勃传》里的"初"字。此传的作者先是简述王勃生平，末了说他去交趾省父，"渡海溺水，悸而卒，年二十九"。这以后，来了一个回闪："初，道出钟陵。九月九日都督大宴滕王阁……"论者乃谓，这里的"初"乃"当初"之意。若王勃已成年，似不至用此字。此外，更重要的是《滕王阁序》里的内证，即"三尺微命，一介书生""童子何知，躬逢盛饯"之语。三尺童子，明明是个未成年人。

不过依区区之愚见，这内证恐怕不能算数。唐尺比今尺短，十三四岁的少年，身高怎么也不止三尺。而且"三尺"还可以有别的解释。人民教育出版社《古代散文选》中册收《滕王阁序》，对"勃三尺微命"句作如下注释：

三尺，佩三尺长的绅的人。《礼记·玉藻》说："绅长制，士三尺，有司二尺有五寸。"（绅，束在礼服上的大带的下垂部分，这是古人的一种服饰。有司，府史〈书吏〉之属）微命，一命之士。《周礼·春官·典命》郑玄注说："王之下士，一命。"（命，命官。周朝任官自一命至于九命）王勃曾为虢州参军，所以以一命之士自比。（窃按："绅长制，士三尺……"似可断作："绅长，制：士三尺……"）

"家君作宰，路出名区：童子何知，躬逢盛饯"中的"童子"，同书也有别解：

"童子何知"，这是用《左传·成公十六年》范文子斥其子士匄的话："文子执戈逐之，曰'国之存亡，天也，童子何知焉。'""童子"不一定指十三四岁的人。

我倾向于认为此文是王勃二十几岁，经历了一些人生坎坷后所作。这也有内证。"关山难越，谁悲失路之人；萍水相逢，尽是他乡之客""所赖君子安贫，达人知命。老当益壮，宁移白首之心；穷且益坚，不坠青云之志"等语，不是一个十几岁春风得意的天才少年"为赋新词强说愁"而说得出来的。

再上一层，便是六楼顶层。歌舞表演在西厅，有一座小型戏台，每半小时演一场。上午三场，含在30块钱的门票里，不另收费。每次演三个节目：古乐、舞蹈、戏曲或流行歌曲。有一节目表，列出上述三类节目各若干种，观众出钱，可以点演其中任何一种。这种商业性演出，水平自然相当一般。此歌此舞，未必就能"兴阁"。我辈游客，原不为观赏歌舞而来。两场演出间的空隙时间，一位跳舞的演员穿着"丝路花雨"式的戏装走下戏台，隔着柜台与小卖部的小姐聊天。此情此景，融古入今，比节目本身好看。不过滕王阁有歌舞的传统，倒是不假。王勃诗的首联第二句即是"佩玉鸣銮罢歌舞"。当初滕王李元婴创建此阁，就是用于歌舞游宴。流风不歇，历代皆然，以至咏滕王阁的诗作，几乎无一不提及阁中的歌舞。

逐层下楼，到三楼。上楼时看到这一层的回廊上设有茶座，现在可以在此休息了。茶劣，不过茶座西向，正好俯瞰赣江，远眺西山——因为想起王勃诗中的"画栋朝飞南浦云，珠帘暮卷西山雨"。大概是空气污染的原因吧，西山看不见。我一边喝茶，一边翻阅刚才顺便买下的《滕王阁史话》（江西人民出版社，1997 年）。至于"南浦"，根据这本书中的说法，与"西山"一样也是实地，古代是桥步门外往来舣舟之所，建亭，唐时为驿馆，名南浦驿，现为抚河桥东头的南浦园。"南浦飞云"与"西山积翠"同为"豫章十景"之一。诸家注《滕王阁序》一般注"西山"，说是南昌地名，不注南浦，把它看作用典泛指（屈原："送美人兮南浦"；江淹："送君南浦，伤如之何"）。

说起《滕王阁序》中的地名，"襟三江而带五湖"中的"三江"和"五湖"究竟何指，注家所说不一。一说，"三江"都是太湖的支流，即松江、娄江、东江；"五湖"为菱湖、游湖、莫湖、贡湖、胥湖，都在太湖东岸，古时分别为五个湖，后来合而为一。这位注家大概是吴人，把滕王阁搬到太湖边上来了。另一说，认为"三江"当指荆江、松江、浙江，南昌在其上；"五湖"当指太湖、鄱阳湖、青草湖、丹阳湖、洞庭湖，南昌居其中。我想，也许"三江五湖"本是泛指，如"三番五次""三令五申""三五成群"，不必太凿实了。

历代重修滕王阁皆有记。唐元和十五年（820），王仲舒任江南西道观察使，七月到任。30年前，他以中书舍人的身份来过南昌，适逢滕王阁第二次新修竣工，曾为之作记。这次他身为地方长官，见此名楼已破败不堪，决定重修，九月开工，十月完工，并请当时在他属下任袁州刺使、大名鼎鼎的韩愈撰《新修滕王阁记》。韩愈对顶头上司竭尽歌功颂德之能事，文中说王仲舒莅任后，不到3个月，"八州之人前所不便及所愿欲而不得者，公至之日，皆罢行之。大者驿闻，小者立变；春生秋杀，阳开阴闭；令修于庭户，数日之间，而人自得于湖山千里之外"。他没有登临过滕王阁，凭想象而写景，如范仲淹之于岳阳楼，非他之愿为，或不能为，因此老老实实在文末说，王仲舒请他作记，"愈既以未得造观为叹，窃喜载名其上，词列三王之次，有荣耀焉，乃不辞而承公命。其江山之好，登望之乐，虽老矣，如获从公游，尚能为公赋之"。"三王"者，王仲舒《滕王阁记》（今佚）、王绪《滕王阁赋》（今佚）与王勃《滕王阁序》之合称也。

20世纪80年代重建的滕王阁之宏伟、华丽，远远超过历代所建。如此大手笔的建筑，应有同样大手笔的鸿文巨篇相配。按例，若非主持其事的地方长官亲笔撰文，便是礼请一位文坛巨匠执笔。我们以为当代的滕王阁内理应有这样一篇文字，却遍寻不得。长官或许自惭不能——他不以为官大了文章也必然好；文士可能谦虚，所谓"眼前美景题不得，王勃作序在前头"也。然而江右自古文运昌盛，应景文章自然是有的。有位署名"豫章散人"的在新阁落成之日写了一篇《重建滕王阁铭》，措辞典雅，音调铿锵（见《滕王阁史话》）。其词曰：

江南三楼，斯阁为首。永徽四年，滕王创就。

王勃作序，传美于后。国运若何，系此名楼。

陵谷沧桑，移星转斗。千载兴废，二十有九。

北伐终毁，今幸重构。新阁仿宋，压江枕流。

南浦飞云，梅岭横秀。雉堞高台，上有层楼。

歇山耸碧，飞檐承露。巨龙正吻，脊走灵兽。

丹青梁栋，雕窗剔透。凭栏迷目，天地悠悠。

抚今追昔，满怀乐忧。呕心沥血，五度春秋。

江西福建，能工携手。常熟西安，巧匠装修。

落成大典，时维重九。瑰伟再现，千古不朽。

这位作者大概名位不显，所以此文未能勒石。

历代重建的滕王阁，皆以正面临江。"马当神风送滕王阁"，当年王勃是乘船上岸登阁的。今天这个美轮美奂的滕王阁正面朝东，对着南昌市区，进出只有一条路。若在江边辟一码头，也能从水路进来，对游客应该更方便，而且能提供另一个观赏角度。我们游毕，既不能放舟乎赣江，只得仍从原路出来。大门外有一条仿古街，开着不少古董店、瓷器店、书画店。在江西买瓷器总比别处便宜。瓷器店里尺把高的仿古笔筒上印着楷书《滕王阁序》《赤壁赋》《长恨歌》等，只卖 10 块钱。

购物之后该想到肚子了。我们在榕门路上找了一家上档次的饭店，冷盘热炒，外加酒水，五人总共消费不足 200 块钱。其中一盘菜叫"干烧黄丫头"，是一种本地特产的小鱼，甘腴鲜美，堪比四川有名的"新津黄辣丁"。大家吃得很满意，罗君擦擦嘴说："我辈此游，也可以说'胜地不常，盛筵难再'。"名文名句的魅力，以简洁完美的形式表述了人生某一方面的真理。《滕王阁序》之所以千古不朽，恐怕更多不在于其辞藻华丽，而在于此类警句俯拾皆是。

长沙品茶记

品茶者，品味的不仅是茶，而且是环境和心境，有时主要是后两者。在长沙品茶三次，作记。

首在无心阁。辛亥革命后长沙拆除城墙，保留东南二角城堞及建于其上的天心阁，辟为天心公园。早晨8点，自毗邻古稻田街的北门入园，见数十老年人散处草坪上、树丛间打拳、练气功。想起上海，同一时间市区各公园内白发成队成阵，蔚为银海，远不如此地舒徐自在。沿着平缓的坡道登高，半道上逢一茶室，名映山堂。入内，乃一广厅，窗明几净，一对情侣僻处一隅窃窃私语，中央数名老翁围成一圈，别无他人。余乃择一临窗座，竹躺椅，木矮几，瓷盖碗，抬头可数窗外的雉堞。卖的是"清茶"，即普通的绿茶，每碗一元。服务员为一中年妇女，提一小巧的黄铜壶，频频添水。隔开好几副座头传来铿锵的长沙土白交谈声，无损于屋里的宁静。

次在黄兴路。孙黄齐名，国内各大城市皆有中山路，唯独长沙除了中山路还有黄兴路，纪念这位先贤、革命家。黄兴路是长沙最繁华的商业区，名店老店荟萃于此。九如斋食品店、四怡堂药店：光是这名字，就古气盎然。有德园茶厅，乃光绪年间开设的老字号，临街一排玻璃门和落地长窗，营业时间自晨7点至深夜2点。推门入内，才知实为一广式茶楼，唯一不同的，是手推车上所售冷盆多数带辣，所谓江西人不怕辣，四川人辣不怕，湖南人怕不辣。各式点心及冷盆的价格均在2元上下，花10元钱足够茶足饭饱。店堂内有磁卡电话，可直拨长途。正当饮乌龙茶，吃点心，闲眺街景之际，忽有巨声如雷如机枪，红色纸屑纷飞如雨，茶厅内服务小姐忙不迭掩耳，复有行人抱头进来躲避。原来是隔壁一家服装店开业志喜，爆竹声连续响了一刻钟。记得沈从文的文章中说长沙出鞭炮，城内鞭炮声不绝，于此得到印证。

最后在岳麓山。爬到最高峰，谒过黄兴墓，沿盘山公路下山。口渴思茶，遂入云麓峰三清殿侧的茶厅。厅内乱糟糟、闹哄哄，茶客多为年轻人，打扑克，嗑瓜子，满地瓜子壳和水果皮。服务员，几位年轻女子，正在打牌，所以提倡服务自动化。售"麓山云雾茶"，为客冲好后，她就万事大吉了。若要添水，找把熏得乌黑的大号铝壶自己倒。茶叶倒是不坏，深绿油润，耐泡，每杯一元五角。不过岳麓山高仅300米，并非云雾缭绕，安得云雾茶？查《中国茶经》，绿茶类名茶有"岳麓毛尖"，应即此茶。厅外有一平台，同样脏，同样乱，但可晒太阳，遂携一茶杯，一铝壶，择一藤椅坐下，闹中觅静，偷得浮生一时之闲。

"陪都"重庆的日常生活

　　1937 年 7 月 7 日卢沟桥事变后，北平沦陷；"八一三"淞沪抗战后，经过激战，上海于 11 月 13 日弃守。日本侵略军直逼南京，形势危急；早在 10 月 31 日，蒋介石生日那一天，南京政府已决定迁都重庆。11 月 27 日发布《国民政府移驻重庆宣言》，内曰："国民政府兹为适应战况，统筹全局，长期抗战起见，本日移驻重庆。此后将以最广大之规模，从事更持久之战斗。以中华人民之众，土地之广，人人本必死之决心，以其热血与土地，凝结为一，任何暴力不能使之分离，外得国际之同情，内有民众之团结，继续抗战，必能达到维护国家民族生存之目的。特此宣告，唯共勉之。"

　　重庆从此成为战时首都，官方的说法是"行都"。不过要到 3 年后的 9 月 6 日，政府才正式将重庆改称"陪都"："四川古称天府，山川雄伟，民物丰殷，而重庆缩毂西南，控扼江汉，尤为国家重镇。政府于事变之始，首定大计，移驻办公。风雨绸缪，瞬经三载；今行都形势，益臻坚固，战时蔚成军事政治经济之枢纽，战后自更为西南建设之中心。恢闳建置，民意金同；兹特明定重庆为陪都，着由行政院督饬主管机关，参酌西京之体制，妥筹久远之规模，藉慰舆情，而彰懋典。此令！"

怀着共纾国难的悲壮，这以前和以后，无数同胞奔赴西南大后方。华北与东南沿海地区沦陷后，与内地的交通并未断绝。走陆路要通过封锁线，冒点风险（《围城》里赵辛楣、方鸿渐一行，即取道浙东赴湘西），海路较安全。上海租界在太平洋战争爆发前，仍保有特殊地位。中国人士可以坐海船到香港，然后经两广、贵州到重庆，或坐船到越南海防，再由滇越铁路到昆明，然后入川。

相对闭塞的西南各城镇街头，一时出现许多外地人。四川人称他们为"下江人"（长江下游人）或"脚底下人"（此处不含贬义）。他们中不乏文化人，如作家、新闻记者、教师，也有公务员、实业家、工厂职员、技术工人等。来到陌生的地方，他们感到新鲜，睁大眼睛观察。本地人习焉不察的事物，在异乡人的目光下被凸现。他们有文化，是专业或业余的作者，也有发表的地盘，为我们留下了许多关于西南社会、经济、民生、风俗的原始资料。由于观察者身份、地位、政见、趣味的差异，各人的印象有所侧重。左翼作家抨击政府腐败、特务横行，不愁衣食的雅人依旧流连山水（南泉北碚），普通人埋怨物价飞涨，注重生活琐事。也许把各种印象综合起来，才能呈现历史的原貌。

我对普通人的写作，比对专业作者的作品更感兴趣。对专业作者的作品，我最感兴趣的是他们对普通人生活的观察和感受。

《旅行杂志》创刊于 1927 年，是中国旅行社兴办的实业单位之一。它的编辑部和发行所设在上海租界（四川路 402 号），利用中国旅行社遍布全国的网点，辐射全国，有相当固定的作者群和读者群。上海沦陷后，它维持出版，直到太平洋战争爆发，日军进驻租界才被迫停刊。自 1937 年至 1941 年，由于国人对西南的关注，更由于相当一部分作者移居西南，它不断发表来自西南的文稿，向全国介绍以前不受重视的西南，建构了西南的形象。

西南太大，且说重庆。

1937 年 12 月初，张恨水结束了《南京人报》，溯江西上。次年年初到达重庆，参加《新民报》。他一手编报，另一手写抗战小说。他是《旅行杂志》的老作者，在这家杂志上发表连载小说《负贩列传》，并应编者之请，写了《重庆旅感录》和《重庆旅感录续篇》。日常生活，举其大端为衣食住行四项，张氏皆有所记。

"四川人，来得阔，穿长衫，打赤脚。"这是下江人对四川人善意的嘲讽。另一特色是，"川人无论男女，喜头缠白布。且缠法极简单，纽布如巨绳，置一圈于头上。苟属新制，俨然下江人在重孝中。问何以故？则答以头惧风寒。问何不戴帽？则答以缠布其值较贱。其实布与帽之值，亦不甚悬殊也。川人头惧寒矣，而脚则惧热。中下阶级男子，十九赤脚草履。在寒冬时，上衣长袍，下赤双足，招摇过市，无以为怪者。蜀道艰难，民爱着草履，自属有由。唯国人旧习，最忌白色上头。而川人缠白布，陆放翁已形之于吟咏，未悉始于何时，而独与全国习俗相反也"。

食。"人但知蜀人嗜辣，而不知蜀人亦嗜甜。此间于茶坊酒肆之外，另有甜食店。店中专售枣糕、莲羹等食品，而鸡油、汤团一项，尤脍炙人口。或谓在昔烟禁未申，此所以为瘾君子没者。然观于渝人酒席，恒多甜食，上说恐不尽然。有夹沙肉一项者，以肥肉切片夹豆泥烂熟，更以重糖蘸食，令人望之生畏，而渝人则目为珍品，此亦嗜甜之一证也。至于饭必备椒属，此为普通现象。……唯川人正式宴客，则辣品不上席。"

蜀本农区，而春日之菜蔬茂美，尤胜他省，当杏花开时，若笋，若韭，若菘，若豌豆，若蒜苗，皆肥嫩可口。川人所谓菜头者，此际亦烂熟。其物为老芥之兜（以盐腌制之，即川外之榨菜也），去叶，硬茎如鹿角，自兜上出，旅人见之，乃不解为何物。携归庖厨，剥其外皮，里层如萝卜，切片以脂肪物（鸡油尤佳）烹之，则肤（腐）烂如葡萄，味美如鸡汁，足快朵颐。江浙盛行川菜馆，无人知尝此异味，殊可惜也。

川境水果早熟，亦他省所罕见。国历四月可食樱桃，五月可食荔枝、枇杷，六月可食桂圆桃李。唯土质少沙，气候多雨，果均不佳，梨尤粗糙不可食。又橄榄结实特早，秋初乃与葡萄一同登市。他省人嚼橄榄取小，而川人食橄榄取大，亦不同之处也。

重庆是山城，因山建市，地势崎岖，无可展拓，所以建筑颇有特色。"建楼为蜀中常事，而需费者则奇廉。盖钢骨水泥，建筑固所罕用。即四面砖墙，基础坚固者，亦不易得。大都以木作架，以竹编壁，一客登楼，全屋俱动，平民世居，习不为怪。又如通衢商肆，楼高十丈，窗饰辉煌，百货罗列，观其外表，俨然沪汉模样也。顾扣其墙壁，则蓬蓬然如击鼓皮。盖系砌砖作柱，于两柱之间钉木条双层作隔壁者。

隔壁上糊泥灰。若墙厚尺许，其实中空无物，不堪拳击。"

行。"川境故有代步，长途为马，为滑竿，市区则用轿。轿为便于上下坡。乃两竹竿，架一竹制之小座，质甚轻，轿杠亦异他处。前短而后修。滑竿状如其名，以两竹竿夹一竹片所编之厚帘，以帘腹端下凹，恰可为座。座上铺衾褥，若绳床。更于竿上支竹枝，覆以布帐。人半卧其中，俯仰不移重心，为状甚适。"

此外，风俗有特殊者。"重庆浴室，简陋不如下江，然有三特点，可资谈助。（一）每家浴室，均有家庭间。携眷同浴，固属正当。召妓戏谑，亦非所忌。（二）江上有船上浴室，亦分等级售座。笔者因闻不甚清洁，未尝问津。然想象就江煮水，虽甚便利，而篷舱局促，当不甚舒适也。（三）此地旅馆，均兼营浴室。家庭间论时不论人，亦一奇矣。"

日常生活，大致如此；别的作者或别的文本所言，可作补充。

头缠白布，后被当局认为有碍观瞻，在街上若被警察发现，则予以取缔。但在家听便。

本地人居家过日子，根本不吃早饭。上午 10 点为"吃上午"，下午 4 点为"吃下午"，有时夜间 10 点再吃一顿，名为"宵宴"（消夜）。满街都是饭馆，故有"前方吃紧，后方紧吃"的说法。饭馆时兴用女招待，不仅端菜斟酒，还可以与顾客离座（大似今天被客人"买钟"的三陪小姐）。玩得过头了，亦曾被警察局取缔。重庆的警察局管得宽，他们还出过禁止男女同浴的布告。

市内交通，除了轿子和滑竿，也有公共汽车。有一路、六路、七路三条路线，平均十几分钟可等到一辆，但上车很挤。挤不动的，可坐黄包车，但竹杠敲得厉害。城内只有市中心和江边两条长马路，还有大梁子一条短马路，人力车可以拉去。住宅区或小巷非上坡即下坡石级，人力车走不通。坐人力车者应注意，车夫向上拉时，你必须头胸向前，以减轻重量，向下拉时，必须身向后仰，否则难免翻车。

重庆地形，为一三面环水的半岛。北有嘉陵江，东面与南面为长江。嘉陵江北岸称江北，是一个县城，但在行政上与重庆关系密切。江北生活较重庆便宜，所以许多人在重庆工作，在江北住家，天天渡江往来。通往西南各地的长途汽车站，设在长江南岸的海棠溪。每天只开一辆车，限乘十九人，购票须事先登记，有时要等上一个月才能动身。

渡江或乘渡轮，或坐木船。1938 年秋天起，有甲、乙、丙三条轮渡航线。甲线从储奇门到海棠溪。乙线由嘉陵码头到江北县，丙线由嘉陵码头到长江东岸的弹子石。渡资均分等级，时间从上午 6 点到天黑为止。木船渡口甚多。此种木船，上海人称舢板，四川人称白木船，经长期使用后，表面黑到极点，仍叫白木船。渡资较轮渡贱三分之一，但有危险，外地人不敢坐。

造房子容易，租房子却极难。张恨水在别处写道："因抗战而入川的人，像潮水一般的涌到了四川，涌到了重庆，重庆的房子立刻就成了不能解决的问题，加之（民国）二十八年夏季的日机大轰炸，将重庆的房子，炸去十分之五六，让在重庆住鸽子笼的人，都纷纷地抢下了乡。乡下也是没有房子的，于是乡下的人，就以极少的价钱，建筑起国难房子来居住。这种国难房子，是用竹片夹着，黄泥涂砌，当了屋子的墙。将活木架着梁柱，把篾子扎了，在山上割野草，盖着屋顶。七歪八倒，在野田里撑立起来，这就是避难之家了。这种房屋，重庆人叫着捆绑房子，讲的是全用竹篾捆扎，全屋不见一根铁钉。"（《我的写作生涯》）于是在重庆郊外，许多茅棚草屋门前，常有雪白的西装衬衫、摩登旗袍之类晾晒出来。

重庆首次遭日机轰炸是 1939 年 1 月 15 日中午。同年 5 月 3 日、4 日，又遭两次大轰炸。这以后，躲避空袭成为重庆市民日常生活的一个组成部分。利用山城的地形，公私防空洞都挖在山里。洞口逐级而下，两边和顶上都有圆木柱，如秋千架。出口必有两个以上，以防一端塌下，可从另一端出去。洞内，两壁有钉在木柱子上的木板作凳子坐。也有电灯，电灯熄了可点火油灯。

这样的防空洞，躲在里面应该是相当安全的。可是由于管理不善，曾发生震惊中外的"大隧道惨案"。大隧道是供一般市民用的公共防空设施，由七段隧道组成，最大的一段位于市中心校场口。1941年6月5日晚，日机来袭。上万民众拥进躲避，超过了设计的最大容量，尤以十八梯入口处人满为患。洞内空气减少，温度增高，中间和尾端的人向外挤，洞口的人为安全又往里挤，秩序开始混乱。日机侵入市区后，防护人员关闭隧道闸门，不容进出。日机投弹，地面上的火焰使洞内气温升高，氧气越发稀薄，人们感到窒息，向外冲。因为闸门是由里向外关闭的，门外不知内情，没有去开门，门里人越挤越打不开门。待防护人员和宪警劈开闸门，压死与闷死的人已不计其数。敌机的轮番轰炸使救护工作难以进行。11点后警报解除。天亮时分，当局才派人清理尸体，拖出来用卡车拉走掩埋……

惨剧不是每天发生。没有空袭的日子，人们照常工作、生活，也需要有点娱乐。本地人自然爱看川戏，下江人去得少。电影院场场爆满，其他娱乐场所也不相形见绌。书场尤其热闹，不论唱京剧、唱大鼓，十个歌女九个红。头等歌女来自秦淮，其次来自汉口，本地的身价较低。

男婚女嫁自然照常。婚期之日，新郎偕媒人，先乘轿至女家，迎新娘归。新娘在结婚之前三日，要哭三天。如亲戚妇女来吃喜酒，亦要陪哭；否则笑新娘不要脸。来宾不哭，责为不表同情。

下江人的耳朵听不惯川戏，对四川话也感到新鲜。父亲称老子，母亲称太太，丈夫称问事的，妻子称堂客，孙子称末儿。可以称要得，不可称要不得。病重称闹发，病轻称松发。香烟称纸烟，大英牌称小大英。妓女称玩家，鸨母称太婆。闪电称喷火伞。睡眠称瞌睡（音"哭速"），奔跑称跳去。

重庆战前有30余万人口，战时激增到70多万。下江人与本地人在这个炎热多雾、两水环抱的山城和睦相处，协力抗战，终于迎来了抗日战争的伟大胜利。国民政府于胜利后发布《还都令》："重庆襟带双江，控驭南北，占战略之形胜，故能安度艰危，获致胜利。其对国家贡献之伟大，自将永光史册，奕叶不磨灭。"

为纪念抗战胜利，1946年10月，重庆市政府决定在原"精神堡垒"旧址上建立"抗战胜利纪功碑"。"精神堡垒"是1941年12月30日在督邮街广场建成的四方形炮楼式木结构建筑，象征坚决抗战的精神。新碑全部用钢筋水泥建造，内有旋梯可达顶端。重庆解放后，西南军政委员会决定将"抗战胜利纪功碑"改建为"人民解放纪念碑"，俗称解放碑。今天，解放碑是重庆市中心的标志性建筑，举行重大集会和庆典的场地。20世纪80年代以来，重庆人士不断提议恢复纪功碑的原貌，因为它纪念的是不分党派、阶级，整个中华民族的胜利。新出版的《老重庆》一书的作者黄济人先生同意这个提议。我不是重庆人，但作为中国人的一分子，也希望能改回去。纪念重庆解放可另树一碑，而"抗战胜利纪功碑"应与成都人民公园（原少城公园）内的辛亥保路死事纪念碑一样，永存于巴山蜀水之间。

成都的茶馆

金圣叹有一次忽于病中思念起万里之外的成都，作了一首诗："卜肆垂帘新雨霁，酒垆眠客乱花飞。余生得到成都去，肯为妻儿一洒衣。"

《广阳杂记》的作者刘继庄说："想先生亦是杜诗在八识田中作怪，故现此境。不然先生从未到成都，何以无端忽有此想耶。"汉代严君平的故事是世人熟知的，他在成都市中卖卜，每日卜金够了一百文即停止营业，垂帘焚香读书。关于卓文君，杜甫写过一首题为《琴台》的艳诗："茂陵多病后，尚爱卓文君。酒肆人间世，琴台日暮云。野花留宝靥，蔓草见罗裙。归凤求凰意，寥寥不复闻。"

我想去成都，不是为了严君平，也不是为了卓文君，只是为了茶馆。一个城市的名胜所在、大街通衢、小巷深处无不开设茶馆，居民不分贵贱贫富、年龄性别，皆以上茶馆为首选的休闲方式，既自得其乐，又与众同乐，在今天的中国，大概也只有成都了。所以我在成都一周，天天泡茶馆，

成都人民公园内的鹤鸣茶馆有巨大的气场，最能体现成都茶馆文化的特色。

上午一个，下午换一个，喜欢的茶馆甚至去了两次，深感在成都的茶馆里放松心情、打发时间真是太容易了，而且惠而不费。

　　先是问本地的友人，哪几家茶馆最能体现传统风貌，他们向我推荐"鹤鸣"和"悦来"。"鹤鸣"在人民公园（前少城公园）内，新中国成立前就存在。进祠堂街的公园正门，循大路前行数十步，左手便是。如果说喝茶也可以有"规模效应"，这里就能让你产生这种感觉。厅堂内、回廊下、院子里，都是茶座。目光所及，尽是代表四川茶馆特色的竹靠椅。从远处看和听，确乎人头济济，人声鼎沸。然而毕竟地

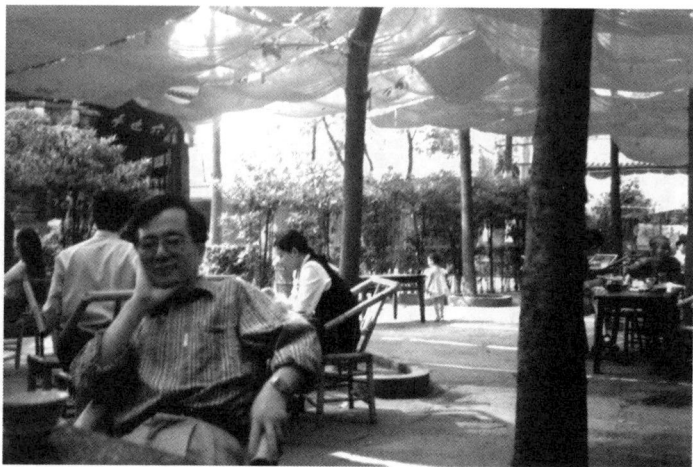

成都文殊院的茶座。这样"亲民"的寺庙，大概也只有在成都能找到。

方大，总能找到空桌子，在室内是木桌，在户外是石桌或水泥桌。待选定位置坐下来，与同伴隔着桌子交谈并不需要提高嗓门。你最好不时挪动位置或改变座椅的方向，这样可以从不同方向观察景色和人物。当然，你同时也成为别人观察的对象，这是绝对平等的。四川产竹，竹躺椅诚然是就地取材，不过这也体现了对顾客的体贴，比江南小茶馆里的长板凳和南京鸡鸣寺、北京京味茶馆，乃至上海湖心亭的骨牌凳舒服多了。顾客既坐得舒服，便愿久留，从而影响茶座的周转率，对老板不利，然而成都开茶馆的不计较这一点。

茶不贵，花茶每碗2元，毛尖和本地的竹叶青（不是酒）不到10元。卖报的（《成都商报》和《成都晚报》都是每天上午8点见报，有时出对开20版，信息量大，可读性强）、擦鞋的、按摩的、掏耳朵的穿梭往来。你要两份报，足够读上半天。嘴闲，可以到小卖部买点瓜子、花生、牛肉干什么的。茶桌上没有烟缸和装废物的小盘小筐，果皮、瓜子壳和烟头随便吐在桌上或扔在地上。或许不够卫生，但是自有一种平民阶层的洒脱。只要你没有盖上茶碗盖，不等你招呼，眼明手快、提着铜壶巡行茶桌之间的服务员便随时过来为你续水，四川话叫"掺茶"。

人民公园内另有高档的"少城茶庄"，设在一个优雅的庭院里。大厅里有空调，竹靠椅换成西式的安乐椅，木方桌改成独腿圆桌。每碗茶价自15元（毛尖）至40元（碧螺春）不等。服务员自然是小姐，不过她们不管掺茶，递给你一暖瓶热水便万事大吉。在那里喝茶，与在任何一家宾馆的咖啡厅里毫无区别，为鄙人所不取。那里的顾客寥寥无几。

当年严君平卖卜的君平街即在人民公园西南侧。一条弯弯曲曲的老街，两侧是陈旧的二层木结构房子或平房，街面上开设露天菜场。从汉朝到今天，此地始终是闹市。命相馆是没有了，茶馆却有几家，是那种为附近居民服务的、最平民化的茶馆。或出租麻将牌，成了退休职工的俱乐部；或放录像，顾客多为里巷少年。此类茶馆的花茶最便宜，每碗1元。成都老百姓，但凡基本生活有保障，老的不急于"发挥余热"，年轻的也不整天想着赚钱，乐意把时间与茶一起泡在茶碗里，大概也是一种君平遗风吧。林语堂说过，中国人只要身边有一壶茶，就是幸福的。中国人诚然不尽如此，但是这句话至少对成都人是适用的。

"悦来茶园"，是清朝末年的老字号，开在商业场后面华兴正街上的锦江剧场内。此处是川剧名班三庆会的原址。剧场正在改建，茶馆在一个棚子里照常营业，附有一个小小的舞台，有时演出川剧或清唱。比起"鹤鸣"，规模小多了，茶客也少，独自一人或两三知己，没有携家带口的。如果说"鹤鸣"是园林中的闹市，"悦来"则是闹市中的一个休止符。

位于北城的文殊院是有名的古寺，香火很盛。茶座设在寺庙左侧的庭院里。随喜佛殿之后，免不了要喝茶小憩；更多的人并不礼佛，跨进山门便直奔茶座。茶桌和竹躺椅散置廊下和庭中，空庭上方支着红色的尼龙布。我去的那天是星期三的上午。茶客中有持手机的生意人，有看报的闲人，也有结伴而来、像学生也像白领丽人的少女，老年人倒是不多。文殊院占地很大，右侧另有园林之胜，老年人多半自带茶水在那里练气功。茶座的场地宽敞，茶桌之间的距离较大，感觉上很开阔。暮春的阳光透过尼龙布射下来，懒洋洋的，暖融融的。或许是宣扬佛法平等，这里只卖一种花茶，每碗2元。四川人嗜麻辣，口味重，喝茶也偏爱浓烈的花茶，不赏识清淡的绿茶。

望江楼公园在东门外，锦江边上。唐朝名妓薛涛葬在附近。（郑谷诗："小桃花绕薛涛坟。"）后人追慕佳人如怀念才子、名臣，造园建楼，踵事增华，遂成一区名胜，与杜甫草堂、武侯祠齐名。园内多竹林，品种之多为全国之冠。还有薛涛井，传说薛涛曾用此井之水制造一种红色的小笺。张蓬舟先生以毕生精力研究薛涛，证明此说不经。薛涛造笺之地，实为她早年的居处：百花潭下游的浣纱溪。不过此井源自江泉，其味甘洌，烹茶大佳。公园内当然卖茶，但已不在面临锦江的崇丽阁上，也不用薛涛井水了。除了茶室，竹丛中也有零散的茶座。茶客自带麻将，围桌为方城之戏。玩了一上午，肚子饿了，或要一盒米粉果腹，或从餐厅要一桌酒饭（服务员会送到你的茶桌兼牌桌上来），加足油之后，继续战斗一下午。成都人与茶，与麻将，可谓结了不解之缘。

近几年，成都也开了不少伪风雅的台湾茶艺馆和新潮的西式红茶坊。司马相如琴台遗址所在的抚琴路上，两侧皆是新造的仿古建筑，开了不少酒家，夹着一家台湾茶艺馆，招牌叫"元缘"。这两个字远看像"无缘"，与我无缘，遂过其门而不入。红茶坊的消费与沿海城市比其实不贵。商业中心春熙路上有家"圆缘园"，两人上二楼，要一壶乌龙茶（25元），选一副临街靠大玻璃窗的座头，摆龙门阵，观赏街景（这里如北京的王府井和上海的淮海路，永远有活动的仕女图），也可得浮生半日之闲。光顾此地的，以年轻人为主。业主投其所好，为各种红茶和果茶取了艳丽的名字：含情果、忘情果、放肆情人、清秀佳人、花之恋、天堂鸟、倾国梦幻等。男用和女用洗手间的门上各有一句话写成两行，合起来是一副不工整的对联。男间门上为："历代王侯将相，在此忍气吞声"；女间门上为"多少贞节烈女，在此宽衣解带"。成都的市井文化总带几分风雅和幽默，于此可见一斑。

李商隐诗："美酒成都堪送老，当垆仍是卓文君。"成都可以没有严君平，没有司马相如和卓文君，没有薛涛，但是只要有茶馆，有各式各样、各适其所的茶馆，便是人间乐土。正是：饮茶成都堪送老，当炉（茶炉之"炉"，不是酒垆之"垆"）何必卓文君。

巴尔扎克故居

巴黎十六区是高等住宅区。巴黎人攀谈，如果一方说自己住在十六区，对方就会肃然起敬，好比香港人住在半山花园道。十六区的辖地原来是近郊的两个村庄：奥端依与帕西。巴尔扎克于 1840 年至 1847 年，在两村接界处奥端依这一边的一幢别致房子里居住。大门开在今天的莱努阿街 47 号。进门下石级，有个小花园，树木、花圃、铁椅之外，点缀着一对狮身人面像的缩小复制品与巴尔扎克的胸像。从花园看，这所房子是平房。

你进屋门，顺着路线一间一间屋子参观。参观者寥若晨星，有时发现展室里只有你一个人。这是星期天，门券免费尚且如此，平时来的人一定更少。陈列的无非是《人间喜剧》的早期版本与插图，作家及其亲友的画像，他生前用过的东西。一间橱窗里展出巴尔扎克穿过的背心，一副绣花背带和那根有名的"金头满镶绿松石"的手杖。你绕到门厅后面，发现一道向下的楼梯，原来下面还有一层，也有几间展室。看完这几间，回到楼梯口，还想往下走时，管理员，一位亚裔的太太，会对你说："下面没有可看的了。"她不知道，其实你更感兴趣的不是陈列品，而是这所房子本身的结构。

你只得循原路回去，出门，沿莱努阿街往下走，左转，绕到后街。这条街叫贝尔东街，石子路，路灯还是19世纪的旧物，灯柱和灯罩的架子是用铁浇铸成型的。左首，门牌24号，你找到刚才参观的那所房子了。从这一边看，房子是三层楼，临街有大门可通院子，还有便门直通房子侧翼的底层。抬头再看那座花园，原来是个平台，是屋顶花园。

现在你明白这所房子的妙用了。巴尔扎克搬到这里是为了躲债。如有债主上门，他总可以从相反方向的出口溜走。为了还债，他在这里拼命写作。《人间喜剧》中的若干名篇，《搅水女人》《乡村神甫》《于絮尔·弥罗埃》《名妓盛衰史》《邦斯舅舅》《贝姨》等，都是在这里完成的。他在给韩斯卡夫人的信中说："我每晚12点起床，伏案写作直到8点，花一刻钟吃饭，再工作到下午5点，吃晚饭，睡觉，第二天周而复始。以这种速度，我40天写出五卷书。"女管家勃吕诺尔夫人照料他的起居，房子也是用她的名义租下来的。巴尔扎克后来终于与韩斯卡夫人结婚，搬到另一处豪华的寓所去住。

你继续沿贝尔东街往前走。街面越走越窄，平伸两臂可以碰到左右两侧的虎皮围墙。墙后的楼房挡住阳光，墙上的常春藤，墙头的老树，织出一片浓荫。在这里走，听自己的鞋跟敲在石子上的声音，像是走进 19 世纪的帕西村了。小巷尽头，豁然开朗，一名警察佩着枪，手执步话机在拐角处站岗：原来这里是土耳其大使馆，你又回到 20 世纪的巴黎了。

圣旺德里尔修道院

　　法国友人邀游诺曼底，节目之一是参观创立于7世纪的圣旺德里尔修道院。7月份一个星期天，下午5点驱车到达目的地，从路边的大门进去，直奔修士们早晚诵经的教堂。这家修道院属于本笃会，规矩很严，单是念经一天要7次：早晨5点20分晨祷，7点颂赞经，9点15分第三时经与弥撒，12点15分午经，14点又一次念经，17点30分晚祷，20点30分再次晚祷。修道院的教堂屡建屡毁，现在这一所建于1969年，其材料取自50公里外一座13世纪的谷仓。修道院把谷仓买下来后，修士们亲自动手，逐一拆下梁柱和石头，运回来重建。木构件全部用榫头揆合，找不到一根铁钉。取暖系统装在地板底下，以免损害原建筑的美观。

　　我们进入教堂，在为信徒与参观者划出的区域内，面向祭坛就座。左侧小礼拜堂内已有一穿黑袈裟披黑斗篷的修士在演奏风琴。须臾，乐声大作，祭坛右侧的小门开启，40多名一色黑袈裟、黑斗篷的修士排成两行，双手合十，缓缓步

诺曼底—小镇街景

入祭场，然后左右分开，相互鞠躬后，面对面坐下。最后出来一名披绿袍、两名披白袍的修士，是当天仪式的主持人。这三位到祭坛上耶稣受难像前行礼如仪后，即领头念经。拉丁文的祷词有的可以坐着念，有的须站着念。修士们忽起忽落，信徒与参观者们也跟着起落。全套经文念毕后，一名白衣修士晃动吊在链条上的小香炉，先朝耶稣像，后朝两厢的修士，最后朝信徒与参观者们送香致敬。香气氤氲中，礼成，风琴声又复大作，修士们又排成两行从原路退回。

友人事先与修道院的知客联系好，说有中国人远道而来，愿向得道高僧求教。红光满面的知客找到我们，把我们介绍给一位身材高大、四十岁左右的修士，说这位兄弟大有学问，或可一谈。我们不敢冒昧请教法号，姑且称他为"学问僧"吧。难为他全身披挂，热得满头大汗，不时掏出手绢擦汗。大家都怕热，他把我们引到花园里榆树荫下一片草地上，就近搬来几把椅子，围成一圈坐下。花园很大，与小山坡下的果园与菜园连成一片。夕阳西下，满目青翠，凉风习习，清心澄怀。"学问僧"很健谈，开了口就简直不容我们插话。他说他选择当修士，是因为他感到主的召唤。他研究过别的宗教，在印度住过，总觉得其他宗教不能圆满解答人生之谜，唯有对上帝毫无保留的爱与"兄弟"（修士互称兄弟）

之间的爱能使心灵充实、净化。说到修士之间的关系，他又说修士们的出身、经历、教养、文化程度各不相同，在这里过集体生活，各人的缺点和坏习惯无法掩饰，有时会引起别人的不满，这时候就需要克制。修道院为养活自己，除了菜园、果园，还办有对外营业的面包房、地板蜡工厂和缩微复制车间，需要安排修士们轮流劳动。"劳苦不均也是产生争执的原因。"说着他用两手握拳，做了个摩擦的手势。他一口气讲了半个钟头，这期间他揣在怀里的呼机响了三次，足见他是个大忙人。

然后他领我们去参观修道院内部。友人的姐姐却被挡驾了，说是祖师爷圣本笃传下来的规矩，妇女不得入内，以免魔鬼借助女色迷乱修士向道之心。天主教修院的内部建筑大同小异，必有供风雨天散步用的回廊、大饭厅、议事堂、图书馆等。饭厅是一长方形大厅，东西两边长，南北两侧短。沿东西墙，面对面两排桌椅是修士们的座位。院长在北墙下单独设座。大厅中央的桌椅是静修者与客人的座位。天主教神职人员每年须有一段时间离职静修，可在各修院"挂单"。客人则为有心向道的俗家弟子，修道院备有客房供他们住宿，他们必须遵守与修士们相同的作息时间表；教堂里念经时，最靠近祭场，但与一般信徒和参观者们隔开的一排长椅是他们的专座。

　　回去的路上，我问友人，在修道院作客每天要交多少钱。他说修道院从不开价，客人随意布施，可以一文不给，也可以几倍于膳宿费用。我想，信与不信倒在其次，有机会过几天隐修生活，暂时涤尽尘虑，不失为人生的一种调剂，而且佛教寺院中也可臻此境界。这家修道院一天集合 7 次念经，略嫌事烦，似乎不及吾佛圆通自在，晨钟暮鼓，也就打发了一天。

拉雪兹公墓逸闻

拉雪兹公墓是巴黎市内最大的公墓，占地近50公顷。这块地方从前是耶稣会所属的花园，路易十五的忏悔神父拉雪兹（La Chaise，1624～1709）常来这里小住。1804年在拿破仑治下开辟公墓时，遂以他的名字命名。既从别处移来旧坟，又不断修造新坟，近200年来，便蔚为大观，成一"鬼"文荟萃之地，殊多可述。

资格最老的当数阿贝拉尔与爱洛绮丝的墓。阿贝拉尔（Abélard，1097～1142）是中世纪有名的神学家，在巴黎圣母院任议事司铎时，与自己的学生爱洛绮丝相爱。此事被当时的社会视作大逆不道，阿贝拉尔被爱洛绮丝的叔父处以宫刑，遂遁入圣德尼修道院隐居。爱洛绮丝也进了诺尚修院当修女。后人对这对生不能同衾的情侣深表同情，终使他们死后同穴。他们的墓上建有一哥特式的石制华盖，两人的卧像并肩卧在华盖之下。墓上的石雕，有些是取自圣德尼修道院和诺尚修院的旧物。

公墓的南门开在梅尼尔蒙当林荫道（boulevard de
Ménilmontant），进得门来，一条大路缓缓上坡，路尽头有一土
冈，迎面安置了一组触目惊心的纪念普天下死者的雕塑。正
中一个深龛，龛口一男一女，背向，裸体，挽手走向龛底一
座紧闭的黑门——死亡之门。龛的左右两侧各有一组裸体男
女，或蹲，或俯身，作不胜哀痛之状。下方有一对男女卧在
石棺上，一旁复有一组男女，想系死者家属，作悲痛状。那
对走向死亡之门的男女的清瘦形体看起来仍很优美，但自有
一股肃杀之气，使观者不可能生邪念。登徒子到此大概也不
会有勇气爬上深龛，钻进去看看裸女的正面。这组雕像出自
巴多罗美之手，完成于 1895 年，雕塑家本人就葬在附近。

土冈里面是挖空的，隔成若干石室，收贮各公墓中墓穴
租借期满后无主认领的尸骨，尸骨入藏后即把室门封死，日
后若有人认，须自己出资雇工开启石室并重新封闭，土冈顶
上高踞两座大建筑，一是公墓专用的教堂，一是镇压巴黎公
社的梯也尔的享堂。

公墓由纵横的大路小径分割成若干区。第五十三区里，
常有人以特殊方式向巴柏迪耶纳（Barbadians）的墓致意。巴
氏是 19 世纪有名的铸造工场主，许多雕塑家制作的铜像都在
他的工场里浇铸，所以他生前结识了不少名流。他坟上的纪

念性建筑即出自名雕塑家布歇之手。该建筑分三层。底层为一少女铜像，裸上身，侧坐，左手持一下垂的火把（象征死亡）。中层为两个缪斯女神，分别代表劳作与灵感。上层是巴氏的胸像，目视天际。少女铜像与一般经过风雨剥蚀的铜像一样，绿锈斑驳，唯独一对乳房磨得锃亮——因为孤独的散步者路过或专程前来时必伸手去摩挲。

维克多·诺阿尔（Victor Noir）的坟在第九十二区，坟上有死者的青铜卧像。此人于弱冠之年，在一次决斗中充当证人，被拿破仑三世的堂弟彼埃尔·波拿巴特误伤致死。据说法医验尸时发现他的阳具坚挺。这具卧像是名雕塑家达鲁的作品，逼真地再现他中弹后倒在决斗现场的模样。民间传说他的纯阳真气未散，死后有灵，不育的妇女触摸此像，必能生儿育女。所以这具铜像似经打磨，裤子开口处的纽扣和贴近一侧大腿根微微隆起的部位尤其光亮。

另一处据说也有灵验，那是招魂术的创始人，死于1869年的阿朗·卡戴克（Alan Carded）的坟。常有信徒前来凭吊，或献上一束花，把坟上的石亭装点得花团锦簇；或靠近死者的胸像祷告。祷告者盯住塑像的眼睛，若死者同意你的请求，据说那双眼睛就会动起来。胆小者大可闭目祷告。

外国名人葬在这里的不少，最有名的是肖邦与王尔德。

肖邦墓上的石像为一俯首的音乐女神，像的基座上镌有肖邦的浮雕头像。女神像的手足屡遭破坏。好心人说，这是一种抗议行为，旨在表明肖邦的尸骨应与他的心脏一样归葬波兰，而不是埋在巴黎。某处有一阮姓越南人的墓，墓碑上刻着一对填金的龙。上一个龙年，中央电视台推出的一组以龙为主题的电视片，把此墓也摄入镜头，作为炎黄子孙把龙的形象带到海外的证据。虽非误认祖宗，错认子孙也是笑话。

巴黎公社社员墙僻处公墓一隅，很不好找。墙上弹孔——最后一批抵抗者在这里被凡尔赛军枪杀——据说并非原状，是后来复制的。几位有名的公社社员，其中有歌曲《樱桃季节》的作者克莱芒和波兰人弗洛勃雷夫斯基将军，就葬在邻近。法共领导人和名流也择这一区为埋骨之所，如前总书记莫里斯·多列士、诗人阿拉贡、艾吕雅。游人还能找到马克思的女婿龙格（Languet）和他妻子的墓碑。

销量最广的 Michelin（米其林）巴黎导游手册上有拉雪兹公墓的简图，标出值得一看的公墓的位置。一册在手，游人尽可盘桓一个上午，乃至流连整天。在公墓北门口对过的一家书店，还能买到一份详图。

茶·咖啡·历史

　　《儒林外史》写南京"大街小巷，合共起来，大小酒楼有六七百座，茶社有一千余处"。这里说的其实是乾隆盛世，中国茶文化的一个鼎盛时期。今天南京全城，公园里的茶座不算，恐怕找不出10余家喝茶的去处。连张恨水写入小说的

这家法国外省咖啡馆有点中国茶馆的意思了

双凤街的大众茶馆也早已无影无踪，遑论僻巷里那么雅的茶社。中国各大城市中，唯独成都的茶馆业保持不衰。广州的饮茶以吃点心为主，已失本意。平心而论，南京还算不错，公园里没有撤销茶座，不像北京的公园里只卖汽水。鸡鸣寺的茶座大可流连，清凉山的茶座原来设在扫叶楼一侧，亦复不恶。

　　一个读过几本古书，喜欢喝几口茶的当代中国人，如追慕古人的风雅，又有机会旅行，倒是在小城市、小地方，有时能有意想不到的发现。滁县琅玡山醉翁亭的茶室设在古梅亭，环境幽邃，茶客极少，得一静趣。安庆迎江寺的茶室，茶客可把椅子拖到颇有一把年纪的木结构阳台上就座，晒太阳，远眺隔江池州的芳草嘉树，仰观悬在檐下的红木宫灯，得其古趣、野趣。

　　与中国的茶文化媲美，欧洲有咖啡文化。欧洲各城市咖啡馆之多，不让中国旧日的茶馆。以巴黎为例，绝不止1000余家，而且确实不管哪一条僻巷都有咖啡馆。法国人爱晒太阳，每逢好天气，咖啡馆必把桌椅搬出来，在人行道上摆开露天座。顾客啜咖啡，晒太阳，望街景，看人也被人看，一举数得。索邦大学正门前是一片广场，禁止车辆通行，只准步行。一家咖啡馆占了地利，在广场上摆下几十副白漆桌

咖啡馆的客人都喜欢露天座

椅。各国的学生在此高谈阔论，讲世界各国的语言，也是巴黎一景。索邦大学创立于 13 世纪，现存建筑最早可上溯到 17 世纪，在欧洲是老牌子了。笔者曾在这家咖啡馆的露天座上，特地拣了一副面对索邦教堂圆顶的座头坐下。也许因为我是外国人，最多感到自己面对历史，未能进入历史，至于咖啡馆的建筑本身，无历史可言。喝着小杯咖啡，晒着太阳，想起在国内的游踪，若有所悟。与茶相比，这杯咖啡似乎少了点什么味道，仔细一想，少的是历史味，历史的积淀。

　　西方人对古迹的爱护唯恐不周，绝对不能想象在巴黎圣母院大教堂里卖咖啡汽水，在凡尔赛宫的花园里开饭馆的情景。中国或许古迹太多，不稀奇，因而一些古建筑，至少是一些古迹的原址，仍被用于营业性目的。这对保全文物或许不利，对个人却是大幸。鸡鸣寺的茶楼虽然是新建的，但那确实是豁蒙楼的原址，是六朝台城所在。茶水自非胭脂井水，可是不由你不想起陈后主和张丽华的故事。今天的扫叶楼也不是龚贤的老屋（龚半千不会住得那么阔绰），可是地点不错，你坐在那里总会追念一代遗民的心事，犹如在醉翁亭会想起欧阳修当年偕宾客游山的盛况。安庆迎江寺虽然不过是清代建筑，但也让你心头油然升起一种历史感。在这些地方，中国人喝茶的同时也喝下了历史，茶味因历史的积淀而分外醇厚。你用极品龙井在自己家里泡茶是品不出这个味道来的。

然而能让你从容品味历史的地方实在不多。这需要一处卖茶的古迹，更需要静。北京老舍茶馆体现的是经现代趣味修正的民俗，而不是历史。《桃花扇·听稗》："孙楚楼边，莫愁湖上，又添几树垂杨。偏是江山胜处，酒卖斜阳，勾引游人醉赏，学金粉南朝模样。"振兴酒文化是另一回事，而且酒饮多了不免失德，南朝模样更是学不得的。窃所愿者，江山胜处，多添几副茶座，勾引游人清赏。

人非少年不知味

我们每一个人在成人之后，都会怀念童年时代吃过的东西。如果我们长大后离开故乡，对童年时代食物的回忆就成为乡愁的一个重要内容。鲁迅在《朝花夕拾·小引》中写道："我有一时，曾经屡次忆起儿时在故乡所吃的蔬果、菱角、罗汉豆、茭白、香瓜，凡这些都是极其鲜美可口的，都曾经是我思乡的蛊惑。"

周作人对于此种思乡之情，做出一种理性的解释："除了因为有特别原因住在外国的华侨以外，中国人都各有一个他的故乡，无论是原籍或是寄居的地方，在土地上扎下一个根，作为他爱国思想的资本。这期间大概可以依照旧习惯，以十六岁以前为断，因为这时候他的感受力最强，什么环境都感觉有兴趣，造成他对于这土地人民爱好的基础……"他又说："对于故乡的'人'或者有的因性急而不满意，但对于故乡的物大抵没有人不感到怀念，至少也有一两种，有如鲁迅所说的别处人不懂得的罗汉豆，以及北方种不好的大

菱。"(《故乡与土产》)

客居他乡的游子若有机会重返故里，想做的第一件事必是找来应时的果蔬，要重温儿时的滋味。我是江南人，久居北京。江南的杨梅和枇杷常令我怀念不已。有一年我赶上在初夏时节回故乡，饱吃了一顿杨梅，却找不回旧时的感觉。我颇怀疑，是不是长期的异乡饮食习惯，多嗜葱蒜，改变了我的味觉。可是，当我询问一直在故乡生活的亲友，在他们这些成年人的口中，儿时的食物是否始终同样鲜美，回答也是否定的。于是我感到一丝悲凉。

我也寻求理性的解答。我想首先是随着年龄的增长，我们的味蕾退化了。其次，由于物种本身的退化和日益严重的环境污染，今天的杨梅、枇杷、荔枝不复苏东坡当年尝过的，也不是我们童年时代的江南佳果、岭南仙果了。最后，最主要的，是我们不复拥有那一份童心。我们告别了童年和少年，进入社会，陷入名利场，从此便患得患失，有数不清的忧愁和烦恼伴随我们。我们在做一件事情的同时还想着别的事情，老是分心。食而不知其味，不得其正味，固其宜矣。

拉丁文有句格言：Age quod agis。意思是"成为你正在做的那件事情或那个东西"。缪塞的喜剧《芳塔西欧》的主人公芳塔西欧对他的朋友斯帕克抱怨自己对什么都感到厌倦。斯帕克说："我不明白你为什么老跟自己过不去。拿我来说，当我抽烟的时候，我的思想就变成那一缕轻烟；我喝酒的时候，它就是西班牙葡萄酒或弗兰德啤酒；闻到花香，就足以使我忘掉别的一切；自然万象中最细小的物体都能把我变成蜜蜂，怀着永远新鲜的乐趣飞来飞去。"这段话，是对那句拉丁格言最好的注解。

禅宗也有同样的领悟。有人问唐代慧海法师"如何用功"，答曰"饥来吃饭，困来即眠"。人说谁都这样。他说不同。人问为何不同。他说："他吃饭时不肯吃，百种须索；睡时不肯睡，千般计较，所以不同也。"

少年人对什么都感新鲜，对什么都全身心投入。唯"少年不识愁滋味"，才能感受一切食物的本味、真味。人非少年不知味。

文字比石头更加不朽

古埃及、古印度、古巴比伦与古代中国并称世界四大文明古国，前三者的文明皆经中断，唯独中国文明一脉相承。然而中国文明的长寿似乎伴随着一个悖论，中国人一方面尊崇古代的精神与道德观念，另一方面对过去的物质遗产往往冷漠、忽略，乃至破坏。在中国到处能感受古代的存在。今天使用的汉字与两千年前的几乎没有差别；幼儿园里的儿童会熟练地背诵唐诗；考古学家前不久在一座两千多年前的古墓中发现陪葬的食物，其中一盘饺子与今天小饭铺里出售的一模一样。同样使西方旅行者诧异的，是这块满载历史与回忆的土地上罕见、宏伟的古代建筑。欧洲尽管有过战争与破坏，每个时代都留下一些足以成为自身标志的巨型建筑，如古希腊、古罗马的废墟，中世纪的大教堂，文艺复兴时代的宫殿与巴洛克建筑。而在中国的历史名城中，古代诚然活在人们心中，却没有化作石头。"文化大革命"毁坏了不少古迹，但是从整个中国历史看，破坏古迹似乎是一种周期行为，太平天国破坏古迹的规模就超过"文革"。

法国汉学家、考古学家、诗人谢阁兰（Victor Segalen，1878～1919）注意到这个现象并思索其原因。他在散文诗《万年颂》中比较中国与从古埃及到现代西方的非中国世界的建筑艺术，认为后者追求永恒，采用的材料和技术都力图抵抗时间的侵蚀，然而他们能做到的，不过是推迟不可避免的失败的来临罢了。中国人懂得，"任何静止的东西都逃不脱饥饿的时间的利齿"，中国建筑遂反其道而行之，向时间让步，采用容易损坏的材料，需要一再修复、重建。谢阁兰由此推论，中国人是把问题转移了。体现永恒的不应该是建筑物，而是建筑师的意图。建筑物不能长存于天地之间，它好比是向"贪婪的时间"奉献的贡品。建筑师只有付出这个代价，才能确保其精神意图的持久性。

中国人嗜好古物，不过嗜古形成风气，是较晚的宋朝的事情。宋人热衷于考古研究，收藏青铜礼器和碑文拓片。究其原因，首先是国势积弱，版图日蹙，面对游牧民族的威胁，世界中心的信念受到动摇，知识分子遂向辉煌的古代寻求精神庇护和道德上的舒适感，从而维持对中国文明的前途不坠于地的信心。其次，收藏家和鉴赏家对古物的兴趣主要在于书画，后来才扩展到青铜器和其他器物，而青铜器的价值主要取决于器上的铭文。李清照《金石录后序》记载赵明诚于离乱中对家藏古物的取舍次序，便是说明这种态度的佳例："既长物不能尽载，乃先去书之重大印本者，又去画之多幅者，又去古器之无款识者。后又去书之监本者，画之平常者，器之重大者。"不妨说，中国人只对形诸文字的东西感兴趣。历代皇室的收藏几乎集中了全部最优秀的艺术品，由此产生两个后果：一、多数艺术家和鉴赏家无缘观摩这些藏品；二、改朝换代之际，皇宫每遭抢劫、焚烧，藏品遂星散或化为乌有。

中国人好古也表现为丰厚的历史意识和悠久的史学传统。不过需要指出，中国虽然拥有完整的文字记载的历史，史册不以科学地记载历史为目的，而是瞄准了哲学与伦理层次。《左传·襄公二十四年》："太上有立德，其次有立功，其次有立言。虽久不废，此之谓不朽。"立言是三不朽的盛举之一，这个看法正好印证了谢阁兰的直觉：建筑物不能体现不朽，人只有通过文字在后人的记忆中达到不朽。

既然建筑物终将倾圮，唯有文字长存，那么，从未存在过，仅用文字描写的想象中的建筑，与而今荡然无存，后人仅能借助文字记载去想象的建筑，又有什么区别呢？明朝一位文士刘士龙写了一篇《乌有园记》，也自有理："吾尝观于古今之际，而明乎有无之数矣。金谷繁华，平泉佳丽，以及洛阳诸名园，皆胜甲一时，迄于今，求颓垣断瓦之仿佛而不可得，归于乌有矣。所据以传者，纸上园耳。即令余有园如彼，千百世而后，亦归于乌有矣。夫沧桑变迁，则有终归无。而文字以久其传，则无可为有，何必纸上者非吾园也。"

以上是比利时汉学家西蒙·莱斯（Simon Leys）的文章《中国人对古代的态度》的提要（见文集《脾气、荣誉、憎恶》,《Robert Laffront》, 1991）。文末有一附记，介绍 F.W.Mote 在《早稻田大学学报》第五十九卷第四期上发表的论文《中国城市史一千年：形式、时间与空间在苏州》。该文认为，苏州这一历史文化名城的古代意识并非来自古代建筑，而是别有寄托。西方传统把古代的存在等同于真正古物的存在，中国则不然，它没有堪与罗马的广场（Forum）相比的古迹，也没有如罗马万神殿、伊斯坦布尔圣索菲亚教堂那样仍在使用的古代建筑。所以如此，并非中国人不掌握石头建筑技术，而是态度不同：他们不以建造垂之永久的建筑为念。以苏州北寺塔为例，它始建于 3 世纪，屡次毁后重建，现存建筑是 20 世纪的作品，在美国也算不上真正的古迹。中国古建筑的经历莫不如此。中国人不是用石头，而是用文字记载他们的过去。中国宏伟的公共建筑体现另一种构思，它们更多的是安排空间，而不是包容建筑物。当一座古代建筑倒塌或焚毁时，中国文明似乎不以为历史本身受到伤害，因为它尽可修复或重建该建筑。人类真正永恒的建筑是有关这些建筑的文字记载。以有名的《枫桥夜泊》诗为例，在这首诗引起的历史与心理联想中，桥作为实体并不重要，它作为理念出现在中国人的心灵里。谁想赢得不朽的名声，与其去砌石头，不如诉诸文字，或者让一位诗人或散文家在其不朽的作品中提到他。

两位洋人拿西方文化做参照系观察中国文化的一个方面，得出不谋而合的见解。我们身在庐山中，倒也不一定不识庐山真面目，愿就此见解做些修正、补充、发挥。两位西方学者立论的根据基本属实：一、中国人重视文字记载；二、中国极少有古代遗留的宏伟的石头建筑，除了早期的石墓和晚期的石桥，保存至今的古建筑，主要是明清的木架构和砖木结构。欲求宋、元乃至唐朝的实例，不是鲁灵光殿，岿然独存，也是凤毛麟角，屈指可数。问题在于先有鸡后有蛋还是先有蛋后有鸡，先有理念后有实践和实物，还是先有实践和实物后有理念；先有石头易烂、文字不朽的想法，因而不用石头做建筑材料，还是因为不用石头做建筑材料的古代建筑易于倾圮、焚毁，古人才产生文字比建筑更加不朽的想法。建筑史家解释中国古代建筑以木结构为主的原因是："黄河中游一带，由于肥沃的黄土层既厚且松，能用简陋的工具从事耕种，因而在新石器时代后期，人们在这里定居下来，发展农业，成为中国古代文化的摇篮。当时这一带的气候比现在温暖而湿润，生长着茂密的森林，木材就逐渐成为中国建筑自古以来所采用的主要材料。"（刘敦桢主编《中国古代建筑史·绪论》，中国建筑工业出版社，1984 年，第 2 版）古代木架构结构因地制宜，具有不少优点，但在防火、防腐方面有严重缺点。历代有名建筑多遭回禄之灾。有天灾：永宁寺为北魏王朝首都洛阳最壮丽的建筑，"中有九层浮图一所，架木为之，举高九十丈，有刹，复高十丈，合去地一千尺。去京师百里，已遥见之。……永熙三年二月，浮图为火所烧"（《洛阳伽蓝记·卷一·城内》）。也有人祸：南京报恩寺塔为"中国之大古董，永乐之大窑器"，"海外夷蛮重译至者百有余国，见报恩塔必顶礼赞叹而去，谓四大部州所无也"（张岱《陶庵梦忆》）。这座塔与苏州北寺塔同建于孙吴年间，代有兴替，名亦屡易，至明成祖承前代旧址，于永乐十年重建。"塔高三十二丈九尺四寸九分，登三级而望，全城都在眼底。至顶则苍茫窅冥，早晚日射，光彩万状，照耀入天。篝灯长明，有如星光灼烁，风吹铎响，声彻数十里外。

千奇万丽，称为天下第一塔。"（罗尔纲《太平天国遗迹调查记》）如此瑰丽的建筑，在天京内讧时毁于一夕。韦昌辉怕石达开凭借报恩寺古塔作攻城之炮垒，竟下令毁之。

宗教建筑的塔犹难逃劫数，遑论世俗建筑的宫室园林。阿房宫，三百里，楚人一炬，化为焦土。石崇的金谷园，裴度的绿野堂，李德裕的平泉庄，后人欲觅其废墟遗址亦不可得。欧洲浪漫派诗人每于流连废墟时作怀古诗，中国诗人只能从纸上凭吊或全靠想象了。"宫女如花满春殿，只今惟有鹧鸪飞。"（李白《越中览古》）"翠华想像空山里，玉殿虚无野寺中。"（杜甫《咏怀古迹五首》）"繁华事散逐香尘，流水无情草自春。日暮东风怨啼鸟，落花犹似坠楼人。"（杜牧《金谷园》）没有沧海桑田的变迁、人事无常的感慨，中国文学史将失去无数绝妙好诗，我们也不会有《洛阳伽蓝记》《东京梦华录》《武林旧事》《西湖梦寻》这一类可以自成系列的著作。然而我们的诗人和作者们本来是愿意花常开、月常满的。说他们借助文字战胜时间，达到永恒，恐怕并非初衷，毋宁是一种无可奈何的选择。

如果说西方人一开始选择了石头体现的永恒，他们也并非没有意识到文字比石头更加不朽。巴黎圣母院是一部用石头写成的巨书，建于13～14世纪，当时还没有印刷术。15

世纪谷登堡发明的印刷术引起宗教家的恐惧。雨果在《巴黎圣母院》第五卷里让副主教克洛德惊呼："这个要消灭那个的！"纽伦堡安东尼奥·科布尔格尔 1474 年出版了《圣保罗书札评注》，要消灭圣母院大教堂，这本书要消灭那个建筑，印刷术要消灭建筑艺术，因为"人类的思想在改变形式的同时也将改变表现方式，每代人的思想不再用同样的方式、同样的材料来写，哪怕是用石头写的十分坚固的著作，也将让位给用纸张印成的更加坚固、更加持久的著作"。

另一方面，中国人也没有轻视依附于石头的不朽。我们不用石头建造庙堂，但是我们为石头派定另一种用途：在石头上镌刻文字，不朽的文字刻在不朽的石头上，双重的不朽才是真正的不朽。秦始皇作琅邪台，立石刻，颂秦德。东汉永元元年，窦宪破北单于，登燕然山，刻石纪功而还。从此"勒铭燕然"成为历代名将、良相的情结。范仲淹作"穷塞主"，感叹万端的是"燕然未勒归无计"。贵人的墓穴里要有墓志铭，记载死者生前的嘉言懿行。士民称颂官吏德政，在位时为他立德政碑，去官后为他树去思碑。碑铭作为一种符号，其所指乃是不朽。佛经在佛教徒心目中自是天地间第一等不朽文字，然而隋朝的静琬和尚担心抄写不能保证佛经永远流通，还要在房山云居寺开辟石经洞。纯为立言，也要刻碑。乾隆好游览，喜赋诗，所到之处无不留下御制诗碑。张继的《枫桥夜泊》已经不朽，只要中国还有人读书，总要、总能读到它，然而俞曲园还要书写勒石。在中国文化传统里，最出色的文字都应该"寿诸贞珉"，最终还是石头使我们心里踏实。

中国人的传统思想里，小说不是正经文字，没有人想把小说刻在石头上，除了曹雪芹。书名《石头记》，除了因为书的内容原本假定刻在大荒山无稽崖青埂峰下那块顽石上，是"石兄"的自述，也寓有作者自信此书必能不朽的用意。曹雪芹想做而未能做的，今天有人代他做了。报载，上海两位微雕艺术家根据各回不同的气氛选用不同颜色的石料刻成《红楼梦》前八十回，使之成为名副其实的《石头记》。此事足证，在我们这个民族的文化心理深处，刻在石头上的文字至今充满魅力。

文章亦游戏

《幽谷百合》里这样介绍女主角，冰清玉洁的德·摩索夫伯爵夫人夫家的家世："德·摩索夫伯爵是都兰省一个世家的代表人物，这个家族是从路易十一时代开始发迹的，他们的姓氏便意味着赐给他们纹章和荣誉的那段经历：这一家的先辈是绞刑架下的幸存者。"原来"摩索夫"（Mortsauf）意为"死里逃生"。那段经历在《人间喜剧》的任何一卷里都找不到，好奇的读者应该去读收入《都兰趣话》的《路易十一国王的恶作剧》。《都兰趣话》是巴尔扎克用古法语写的一部故事集，原计划写一百篇，如《十日谈》，实际完成30余篇。

路易十一在位时，朝廷长驻都尔。国王把情妇波贝杜依夫人（这个姓氏意为"好个洞眼"，谑而近虐）安顿在城内一所小公馆里。那座房子有个阳台正对一名老处女的住所。老处女难免有些怪癖，国王和他的情妇常以窥看她的起居为乐。"某日乃市场免税交易日，适逢国王下令绞死都尔城里一个年轻市民。那年轻人误把一个芳华已谢的贵族妇女认作青春少妇，犯下强奸罪。此事其实不能算是坏事，那位贵妇人被误认为处女，堪称脸上有光。不过那年轻人发现误会后不该对她百般毒骂，而且怀疑她故意引他上当，抢了她一只镀金的银杯来抵偿自己刚才借给她的钱的利息。"波贝杜依夫人起念恶作剧，趁老处女在教堂祈祷的工夫，派人把那年轻市民从绞架上摘下来，抬进老处女家，放在她床上。老处女回家后，先是又惊又羞，然后动了仁爱之心，努力挨蹭揉搓死者的身体，盼他回阳。刽子手的活干得不地道，这浪荡子本没有绝气，居然复活了，一场恶作剧以喜剧收场，国王索性送个顺水人情，命他与老处女成亲。此人被判过死刑，业经执行，从法律观点看他已在绞台上失去原来的姓氏，国王遂让他改姓摩索夫，从此开创了摩索夫家族。

这个故事颇不雅驯，行文时涉猥亵。其余三十几个故事，十有八九也讲男欢女爱之事，但到紧要关头或一笔带过，或借助滑稽的隐喻，未堕一般淫书的恶趣。如《阿寨的本堂神甫》讲神甫路遇村姑，邀她共骑一骡。骡身的颠簸促进血液的流动，双方都感到体内阵阵骚动，最终化成隐秘的欲望。神甫误以为小妞情窦未开，既然牧师的职责是给羊羔晓谕道理，一路上少不了用言语点拨她。行到一座树林边上，小妞翻身下骡，朝林中最密处奔去。神甫追上前，在一块芳草鲜美的林中空地赶上她。"就在那里，他一字不差为她念诵弥撒经。两人都大大预支本来留给他们在天堂里享用的快乐。好神甫着实用心开导她，他觉得这女学生的皮肉和灵魂一样听话，真是件活宝。叫他烦恼的是这地方离阿寨太近，他不得不缩短课程，而且重讲一遍也不容易办到。按他的本意，他很想与所有的教师一样重复讲过的内容。"这里捎带着挖苦了普天下当教师的。

又如《弗朗索瓦一世节欲记》中，以好色出名的法国国王弗朗索瓦一世当了神圣罗马帝国皇帝兼西班牙查理五世的囚徒。看守他的队长早就想到法国朝廷中去谋求差使，以为只要为这位国王摘到一帖嫩肉膏药，就不愁日后荣华富贵。他把一名西班牙贵妇送进国王的囚室。"但见她如冲出牢笼的母狮，风风火火扑来，直弄得国王的全身骨骼乃至骨髓都咔嚓作响，换一个人当下非送了命不可。所幸这位贵人是铜浇铁铸的体格，兼之久旷，一味攻杀啃咬，浑然不觉自己也被啃咬。这场恶斗结束时，侯爵夫人丢盔卸甲，还以为自己遇上的对手本是魔鬼。"事后，国王揶揄说，"西班牙女人热情奔放，行事一点不含糊，不过在需要温柔体贴的场合她们不解节制，以致每得少许佳趣，他都要使出全身力气，简直像强奸；反之，法国女人手段高明，能使饮者越饮越渴，却永不知疲倦。若是与他朝中的贵妇名媛周旋，那种柔情蜜意无与伦比，绝对用不上面包师揉面的功夫"。

巴尔扎克与拉伯雷同为都兰省人，对这位乡先贤不胜仰慕。《默东的快乐神甫的布道词》讲拉伯雷如何调侃亨利二世的朝廷，结尾不啻一篇拉伯雷颂，不过仍然出之游戏笔墨。换一种风格，如用文学史教科书上一本正经、字斟句酌的措辞，《巨人传》的作者未必乐闻：

弗朗索瓦·拉伯雷实为我国的无上光荣，他是有哲人风范的荷马，是智慧的王子。自从他的光明从地下升起，许多绝妙的故事便由他而生。偏生有人指责他仅以尖酸刻薄、刁蛮顽皮为能事。呸！这帮竟敢在他超凡绝俗的脑袋上拉屎撒尿的混蛋！至于对他提供的惠而不费的食物弃之不顾的人，愿他们的牙齿一辈子嚼到沙粒。

亲爱的清水饮客，一心持斋的僧侣，二十五克拉的学者，若你重返故乡希农走一遭，有机会读到降了半音和回到本音的傻瓜们的胡言乱语，歪批妄评和纠缠不清，你准会猛打喷嚏，捧腹大笑。这帮笨蛋解释、评注、撕裂、作践、误解、背叛、暗算你无与伦比的作品，要不就往里头掺假，任意添油加醋。自命博学，两条腿，一脑袋糨糊，横膈膜不会上下起伏的阉鸡在你的白大理石金字塔上屙屎撒尿，他们人数之多，不亚于教堂里追逐巴汝奇苦恋的贵妇的长袍的公狗。殊不知这金字塔里永久封固着有奇异、滑稽的想象的种子，以及有关一切事情的光辉教导。

巴汝奇的典故，见《巨人传》第二部第二十一章。巴汝奇恋一巴黎贵妇，贵妇不理他。为报复，巴汝奇宰了一条发情的母狗，割下某一部位，剁成细末，乘贵妇在教堂望弥撒时撒在她的袍子上。群狗闻腥而来，围着贵妇撒尿，弄得她狼狈万状。

这个恶作剧里，性和排泄兼而有之。古今中外的俳谐文字皆有一分支专门围着这两件事做文章。根据弗洛伊德的学说，两者本有连带关系。《都兰趣话》三句话不离性爱，间或也涉及排泄，如《圣尼古拉的三个门徒》中的客店老板娘善放屁，又如《普瓦西修女们的趣话》中那个彼特罗妮尔嬷嬷发愿做圣女，终日祈祷，尽量不食人间烟火。另一位嬷嬷发表评论：

话说回来，她吃得再少，也不能免除我们大家多少都有的缺陷。这一缺陷是我们的不幸，也是我们的大幸，因为假如没有它，我们将尴尬万分。我指的是，我们与所有动物一样粗鄙，饭后必须排出粪便，而此物的雅观程度因人而异。彼特罗妮尔嬷嬷与众不同之处在于她拉的屎又干又硬，与发情期的母鹿的粪便毫无二致。这母鹿粪，乃是嗉囊所能制造的最坚硬之物，你偶尔能在林中小道踩上它。因其坚如磐石，犬猎术语名之为"结块"。彼特罗妮尔嬷嬷的排泄物之所以如此，并非超自然现象，皆因长期节食使她的体质宛如不熄的炉灶。据老嬷嬷们说，她秉性炽热，如把她投入水中，就像烧红的煤块入水一样会发出嘬嘬声。有几位嬷嬷指控她为能坚持苦修，夜深人静时偷偷把鸡蛋夹在脚趾中间烤熟了食用。不过这都是恶言中伤，旨在损害这位伟大的形象，须知其他寺院莫不忌嫉我们中出了一位圣女。

　　总而言之，满纸荒唐言。作者摇笔时已是忍俊不禁，我们读来更是解颐，乃至捧腹。文学除了言志、载道，本来还有一种纯娱乐功能。俳谐文也是一种有生命力的文体，或许不登大雅之堂，正人、雅士偶尔也为之。中国的例子，韩退之写过《毛颖传》，赵南星有《笑赞》，遑论白行简的《天地阴阳交欢大乐赋》。巴尔扎克有用不完的精力，兴之所至，抬出拉伯雷的招牌开开玩笑，出出鸟气，也在情理之中。他甚至说自己将来的声誉在很大程度上要指望这部书——这当然又是一句戏言。如果说《十日谈》颂扬性爱体现了反禁欲的人文主义精神，《巨人传》里的巨人形象则寄托了文艺复兴时期思想家对人的力量的信心，我们似乎不必在《都兰趣话》中也寻求什么微言大义。按照古时候讲故事的规矩（如拉封丹的《寓言集》），作者有时也在篇末点明本故事的道德教训，如《路易十一国王的恶作剧》的结尾："这个故事教我们要好好审察、辨认女人，千万看清老妇人与妙龄少女之间的局部差别。这是因为，即便我们未因搞错了钟情的对象而被绞死，也总会遇上别的巨大风险。"他就是正经不起来。

巴尔扎克用拉伯雷的笔法写《十日谈》式的故事，造了个假古董。由于这是一位语言魔术师对另一位大师的模仿，此赝品也就非同一般，如张大千伪作的石涛画，仍是奇品、神品。

卓尔巴如是说

一

上海译文出版社出的《译文》杂志有一个翻译家访谈专栏，实际上是一份问卷调查。鄙人忝在被调查之列。其中有个问题是："在尚未翻译的作品中，您认为哪一部最值得介绍给中国读者？"我的回答是：希腊作家卡赞扎基斯的小说《阿莱克西·卓尔巴》(*Alexis Zorba*)。卡赞扎基斯（Kazantzakis，1885~1957）是西方世界公认的大作家，《简明大不列颠百科全书》里有他的条目。董乐山先生译过他的《基督最后的诱惑》，似乎影响不大。原因不在翻译（董先生是我很敬仰的翻译家），而是宗教背景造成的文化差异。我个人更喜欢，而且认为中国读者会更容易接受《阿莱克西·卓尔巴》。

我初遇此书是在"文革"期间，一位归侨女同事私下借给我法文译本，限我两天后归还；那时我年轻，一夜读完，

罗丹博物馆内的"思想者"铜像

次日还用打字机抄下几个片段。后来有机会去法国，在旧书店淘书。他们的书店里，插架的图书一般都按作者姓名的字母排列，很好找。我第一批买的书里，就有这一本。

一开头，叙述者在雅典出海口的一家咖啡馆里候船。他在写一部关于佛陀的著作，写不下去了，想干点实事换换脑子，于是在克里特岛上租了一座褐煤矿。在咖啡馆里，一个叫阿莱克西·卓尔巴的精瘦的马其顿老头自称干过各种行当，善于烹饪，而且有开矿经验，毛遂自荐愿做他的厨子和工头。叙述者爱沉思；卓尔巴则是一刻也闲不住的实干家。出于相反性格的彼此吸引，他第一眼就喜欢上这个人，当下决定雇用他，带他前往克里特。

上了岛，他们住进法国老太太奥当丝夫人开的客栈。她年轻时在酒吧当歌女，曾经十分风光，后来人老珠黄，才沦落此间。卓尔巴见了她眼睛一亮，好像她是个老相识，一条曾在远方海洋身经百战、千疮百孔的军舰，如今用脂粉填塞每一道裂缝，泊在这个天涯海角等待他——身负千道刀伤的舰船归来。她真真假假讲起自己的身世：

我曾经爱上一位海军上将。希腊那会儿在闹革命，各个强国的舰队都停泊在苏达港。几天以后，我也在那里抛锚。

啊！那场面才叫壮观！您能见到四名海军上将：英国的、法国的、意大利的和俄国的，个个披金挂银，穿着油光光的皮鞋，戴着插羽毛的帽子，活像公鸡，体重八十公斤到一百公斤的公鸡。那胡子才叫漂亮！鬈曲的，丝绒一般的，褐色的，金黄色的，灰色的，栗色的，而且香气扑鼻。每个人都有自己的香味，凭着香味我才能在夜里分辨他们。英国是古龙水，法国是紫罗兰，俄国是麝香，而意大利，啊！意大利，那是琥珀香！

人们经常在旗舰上碰头，议论革命。人人的制服都解开扣子，而我穿的丝绸短衬衫紧贴皮肤，因为他们用香槟酒把它浇湿了。那是夏天。他们谈论革命，严肃的话题，而我揪住他们的胡子，求他们不要炮轰可怜的克里特人。我们用望远镜看到他们站在一块岩石上。那么小，像蚂蚁，穿着蓝长裤和黄靴子。他们喊着，喊着，举着一面旗子……

战争结束，列强的舰队离去，她只剩下对四种香味的记忆。由于她曾使无数克里特人幸免一死，卓尔巴管她叫布布林娜（1821～1828 年希腊独立战争时期的女英雄）。

村里有个寡妇，美艳绝伦。卓尔巴喜欢她，不过他觉得她应该做他老板的情人，于是千方百计撮合他们。叙述者并非不动心，但是他怯于行动，始终迟疑不决，直到复活节的春天，在醉人的花香中，他不由自主地走进寡妇家的花园。第二天，村里人聚集在广场上跳舞，寡妇在教堂门槛上露面。由于不久前一个年轻人为她投海自尽，众人视她为祸水。她的出现激怒了众人，当下有人拔出利刃，想冲上去杀她。叙述者和卓尔巴都在场。前者未能挺身阻止，后者却扑过去与凶手搏斗，他制服了凶手，另一人却觑空上前杀了寡妇。

大海，美酒，女人，拼命地工作——这是卓尔巴的人生信条。开矿不顺利。若不是卓尔巴发现支架断裂，赶紧让矿工们撤出，大家都要死于非命。为挽回损失，卓尔巴说动叙述者买下山顶上属于修道院的森林，亲手设计了从山顶到海边运送木料的缆车，然后到城里去购买材料。在城里，他把大部分钱花在酒店里认识的一个女人身上。布布林娜的身体越来越坏。她把卓尔巴当作最后的归宿，一心想嫁给他，老问叙述者，卓尔巴什么时候回来，有没有回信。叙述者编造善良的谎言，说他在城里为她购置结婚礼服和用品。等他回来，老女人已奄奄一息。她安安静静躺在床上，产生幻觉。

"她毕生的坎坷统统抹掉了：悲惨的晚景，众人的嘲弄，恶言恶语，以及那些凄凉的黄昏；她这个高雅的巴黎女子，多少男子曾拜倒在她裙下，膝盖上曾经玩弄过四个强国，四支舰队曾为她鸣放礼炮，而今却像卑微、规矩的村妇，坐在无人光临的门口编织袜子。……她把绣满金线的礼服紧紧搂在怀里，把手指伸进浓密的香气扑鼻的胡子。她已记不清他们的名字。跟她的鹦鹉一样，她只记得卡那瓦罗，因为他最年轻，因为这是鹦鹉唯一能学舌的名字。"她叫着卡那瓦罗，在幻觉中把他搂在自己疲惫的胸口。她还没咽气，两个守在床边的老妪已开始争夺她的财产，把她惊醒；她只能用微弱的声音喊道："我不要死！我不要。"此时卓尔巴赶到，俯下身子，用他长满茧子的大手触摸她滚烫的额头，拨开她脸上的头发，低声安慰她："别怕，好女人，我是卓尔巴。"垂死者抓住他的大手，慢慢伸出胳膊，挽住他弯下来的脖子，嘴唇翕动，最后一次呼唤卡那瓦罗。

卓尔巴设计的缆车试验失败。叙述者的钱已经花光，但他不怨恨卓尔巴，因为他在他身上看到另一种活法，一种所有圣哲的教诲和他自己长年累月的苦思冥想未能使他抵达，而这个马其顿农民似乎生来就进入的境界。他们分手。卓尔巴继续在巴尔干各地流浪，不时给他写信。后来他在塞尔维亚一个村子定居，娶了个寡妇，经营一个采石场。叙述者最后收到村里小学教师写给他的信，告诉他卓尔巴的死讯。他临终时对教师说过这番话："假如神甫来听忏悔，给我涂圣油，你叫他马上给我滚蛋，让他诅咒我才好！我这一生做过的事情数不清，可我觉得还不够。像我这样的人应该活一千岁。晚安！"

二

《译文》催着要我的答卷，我在交卷前来不及把书重读一遍。后来我休假，有时间读书，就先找出当年用打字机抄录的三节文字。第一节很短，写叙述者前往克里特岛，在爱琴海上航行时的心情：

这个世界上有许多乐趣——女人、水果、思想。但是我以为，没有比在一个柔和的秋日穿越这片海面，轻轻念出每个岛屿的名字，更能把心灵带入仙境。世上没有别的地方，人们能同样宁静、更加舒坦地从现实转入梦境。边界逐渐消隐，从最破旧的船桅上长出茂密的枝叶和累累的果实。好像在这里，在希腊，奇迹是在必然上绽放的不可避免的花朵。

我抄下这一节，是因为它的文字简洁、优美。

另一节较长，是叙述者某次与卓尔巴交谈后，回忆自己的一段经历。卓尔巴说他活到七老八十也要追逐女人，叙述者不以为然。过后他品味卓尔巴的话，突然想起远方一个白雪覆盖的城市。

在罗丹作品的展览会上，我驻足观看《上帝之手》，一个青铜浇铸的巨灵之掌。手掌合上一半，在掌心，一男一女交臂叠股，出神地相拥相抱，同时也在挣扎。

一个少女走来，在我身边停下。她也感到迷乱，望着男人与女人永恒的、令人不安的拥抱。她身材纤细，衣着讲究，长着浓密的金发，结实的下巴，窄窄的嘴唇。她有一种坚毅和阳刚的神情。我讨厌随便与人搭讪，但是不知道什么力量驱使我转过身来，问她：

"您在想什么？"

"假如人们可以逃脱！"她怀着轻蔑，低声说。

"逃到哪里去？上帝的手无所不在。没救。你遗憾吗？"

"不。可能爱情是这个世界上最强烈的快乐。这是可能的。但是，现在我看到这只青铜的手，我只想逃脱。"

"您更喜欢自由？"

"是的。"

"可是，假如人们只有在服从青铜巨手的时候才是自由的？假如上帝这个词的含义，并非如芸芸众生理解的那样浅近？"

她望着我，神情不安。她的眼睛带着金属的灰色，双唇干燥、苦涩。

"我不懂。"她说。然后她走开,好像受了惊吓。

从那以后,我从未想起她。可是她肯定活在我身上,活在我胸膛的石板底下——而今天,在这荒芜的海岸,她从我内心深处走出来了,脸色苍白,不胜哀怨。

是的,我做错了。卓尔巴有理。这只青铜手本是极好的借口,第一次接触成功之后,最初的温柔的话语说过之后,我们本可以慢慢地、连自己也不知不觉地拥抱起来,在上帝的巨掌里安静地结合。可是我突然从尘世冲向天空,受惊的女人于是逃走。

我喜欢这一节,现在想来,除了在上帝之手中挣扎的亚当夏娃像给我强烈的冲击,更多是出于自己对生命中许多失之交臂的机会的事后遗憾,乃至事先的预感。

抄下第三节,因为当时我故作深沉,欣赏它包含的哲理。卓尔巴问叙述者,他读了那么多书,应该知道人生到底是为了什么。他一时语塞。

我深深感到,人能够抵达的最高的境界,不是知识,也不是德行、仁爱或者赫赫战功。而是某种更伟大、更英勇、更绝望的东西：神圣的恐惧。

"您怎么不回答？"卓尔巴焦急地问道。

我试图让我的同伴理解，什么是神圣的恐惧。

"我们都是些小虫子，卓尔巴，非常、非常小的虫子，趴在一棵大树的小小的叶子上。这片小树叶就是地球。其他的树叶，是你夜里看见在天空移动的星辰。我们在自己的小树叶上爬行，惴惴不安地打量它。我们嗅它的气味，它或香或臭。我们品它的味道，它可以食用。我们敲打它，它发出响声，像活人一样叫喊。

"有几个最大胆的人一直走到叶子的边缘。从那里，我们向虚空俯下身子，睁大眼睛，竖起耳朵。我们战栗。我们猜到下面那个无底的深渊，我们听到从远方传来一阵一阵传来大树上其他叶子的喧哗声，我们感到树的汁液从根部升起，我们的心脉在扩张。就这样，整个身子，整个灵魂悬在深渊边上，我们因恐惧而战栗。从那一刻开始……"

我停下来。我想说，从那一刻开始诗意，可是卓尔巴不会理解。我沉默了。

"开始什么了？"卓尔巴急切地追问，"你为什么不往下说？"

"……开始巨大的危险，卓尔巴。有的人头晕目眩，说起胡话来；另一些人努力寻找一个能给他们壮胆的回答，他们说：上帝；还有一些人，他们在叶子边上平静地、勇敢地瞻望这个深渊，说道：我喜欢它。"

三

我重读这部小说。当初我更注意与叙述者直接有关的章节，但随着年龄和阅历的增长，我发觉全书最精彩的部分是卓尔巴的言行。他与叙述者的每段对话都很精彩。他谈论最多的是女人——女人的弱点，男人对女人的关爱。口气有点轻蔑，其实是无限的宽容。

对布布林娜那样依然多情的老妇人，他满怀理解的同情。

她老了，对吗？可是，她仍旧蛮有味道。她懂的那些招数能叫你找不到北。你只消闭上眼睛，想象你怀里搂着一个二十岁的姑娘。我跟你发誓，老兄，只要你有兴致，再把灯关掉。

你会说她烂掉一半了，说她折腾了一辈子，与海军上将、水手、士兵、农民、走江湖的，还有神甫、渔夫、教师、布道的、治安法官什么的都搅在一起寻欢作乐。可后来呢？这又能怎样呢？她很快就忘了，这个浪货；她记不起任何一个情人，她又变成，我说正经的，又变成纯洁的白鸽，一只白鸽，一只小鸽子，而且她会脸红，会全身发抖，好像这是第一次似的。女人，这是个谜！她可以堕落一千次，然后一千次又变成处女站起来。你会问为什么。因为她想不起来，就这么简单。

在俄国的库班，他曾娶了一个叫努莎的农家女，同居了半年，这是他一生最美好的回忆。

有一天，我晚上回家，却不见她的踪影。她与几天前来到村里的一个漂亮军人私奔了。就这样完了！我的心裂成两半。可是这颗混蛋心，它很快就粘好了。你见过那种用粗针大线打满红色、黄色、黑色补丁的旧船帆吗？最凶猛的暴风雨也奈何它们不得。我的心也一样。三千六百个窟窿，三千六百块：它什么也不怕了！

我凭什么要恨努莎呢？你说什么都可以，不过女人，她们不是人，是某种东西。为什么要恨她呢？女人是某种不可理解的东西。国家的所有法律和宗教的所有戒律，她们统统不当一回事。法律不应该这样对待她们，不能！法律太严酷，太不公正了！假如是我制订法律，我不会为男人和女人制订同样的法律。男人要服从十诫，百诫，一万条戒律。男人是男人，他们能够忍受。可是对女人，我不设任何戒律。为努莎，为女人的健康干杯！

有一次，他转述他祖父的话。

我祖父——愿他的灵魂安息！——特了解女人。他很喜欢她们，这不幸的人，而她们让他吃尽了苦头。他跟我说："我的小阿莱克西，我祝福你，给你一个忠告：要提防女人。上帝要用亚当的肋骨创造女人的时候，魔鬼变成了蛇，觑准时机窜上去，偷走那根肋骨。上帝慌忙赶来，可是魔鬼从他手底下滑走，只留下一双角。上帝于是说：'一个好主妇没了纺锤，用勺子也能纺线。我就用魔鬼的角来创造女人吧！'他说做就做，结果造成人类的大不幸，我的小阿莱克西。所以只要你去碰一个女人，不管是什么地方，你碰到的总是魔鬼的角。你得留神，孩子！也是女人偷了天堂里的苹果，把它们藏在胸口。现在她们就揣着一双苹果煞有介事，晃来晃去。呸！假如你咬了那苹果，你一定倒霉。假如你不咬，你更加倒霉。你要我给你什么忠告，孩子？干你想干的！"

关于上帝如何看待人的罪孽，他有独特的见解。

我想象上帝的模样与我一样。不过更高大，更强壮，更加神经兮兮。外加长生不死。他舒舒服服坐在柔软的羊皮上，他那间破屋子造在天上。不过不像我们住的棚子那样用旧汽油桶，而是用白云盖的。他右手拿的不是宝剑，也不是天平——那些工具是屠夫和杂货商用的——他拿着一大块浸透水的海绵，像要下雨的云。他的右首是天堂，左首是地狱。每当来了一个灵魂——那可怜虫因为失去了肉体，精赤条条，冻得直打哆嗦——上帝看着他那样子，一边在胡子底下偷着笑，一边扯着嗓门吓唬他："你过来，到这儿来，该死的！"

于是上帝开始审讯。邪灵魂扑到他脚下，喊道："饶命啊！原谅我吧！"接着他就坦白自己的罪过。他讲了一千条，还没有完结。上帝听烦了。他打了哈欠，说道："你给我闭嘴，烦死人了！"然后他用海绵那么一擦，抹掉所有的过错。"行了，行了，滚到天堂去！"因为上帝是个大贵族，而高贵就是原谅！

他天不怕地不怕，唯一害怕的是老年。

我不承认自己老了，我把这看作巨大的耻辱，尽一切努力不让人家发现我老了：我跳跳蹦蹦，我跳舞，跳得腰酸背痛，仍旧跳下去。我喝酒，喝得头晕，天旋地转，但是我硬撑着，好像根本没有事。我浑身出汗，我跳进海里，着了凉，直想咳嗽，也好喘喘气，可是我不好意思，我强忍着不咳出声来——你听见过我咳嗽吗？从未！不仅当着别人的面，单独一个人的时候我也不咳嗽。我在卓尔巴面前感到羞辱。面对他，我感到羞辱！

最精彩的，是他自编的关于宙斯的故事，以及开办一家婚姻介绍所的奇想。

只有我知道他曾多么受苦。他当然喜欢女人，不过不是像你们——书呆子们——想象的那样！完全不是！他是可怜她们。他了解所有女人的痛苦，他甘心为她们而牺牲。当他看到外省某个鬼地方，有个老姑娘被欲望和后悔折磨得形容憔悴，或者一个俊俏小妇人——我的天，即便她不漂亮，即便她是个丑八怪——因为丈夫不在而睡不着觉，他就画个十字，这个好心人，换一身衣服，变成那妇人头脑中的模样，走进她的房间。

他往往没有精力去拈花惹草。他经常累得散了架子。这也好懂：这可怜的公羊怎么应付那么多母羊！不止一次，他情绪低落，坐也不是，站也不是。你见过与几头母羊交配后的公羊吗？它满嘴流涎，眼睛浑浊，萎靡不振，一个劲儿咳嗽，差点都站不稳了。那可怜的宙斯，他经常是这副样子。天亮时分，他回到家里，说道："上帝啊！我什么时候才能躺下来，踏踏实实睡个够？"

突然他听到一声哀怨：下界，一个女人踢掉被单，几乎一丝不挂走到阳台上，长叹一声。我的宙斯立刻生了怜悯心："惨哪，我得下凡。有个女人在哀叹，我这就去安慰她！"

结果是女人把他的身子完全掏空。他直不起腰来，开始呕吐，瘫在床上，最后咽了气。于是他的继承人基督降临了。他看到这老家伙的狼狈相，喊道："当心女人！"

你知道我想开一家店吗？开个婚姻介绍所！那时候，所有找不到丈夫的可怜女人都会拥上门来：老姑娘、邋遢货、罗圈腿、跛子、斜眼、驼背。而我，我在小客厅里接待她们，客厅墙上挂满漂亮小伙的照片。我对她们说："漂亮太太，你喜欢谁就选谁，我负责把他变成你的丈夫。"于是我去找一个与照片略微相像的年轻人，把他打扮得与照片一样，给他钱，跟他说："某街某号，去找某个女人，讨好她。别恶心，是我出钱。跟她上床。对她讲那些男人讲给女人听，而她从未听到过的甜言蜜语。发誓娶她。给这不幸的人一点快乐，那种连母羊，甚至乌龟和蜈蚣也知道的快乐。"

假如来了一个布布林娜那样的老菜帮子，任何人，即便你给他全世界的黄金，他也不会同意去安慰的。那好，我——介绍所主任——就画个十字，亲自出马。

当有那么一天，我也劳累过度，不能动弹，一命呜呼，管钥匙的彼得就会为我打开天堂的大门，说道："进来，伟大的殉道者卓尔巴，躺在你的同行宙斯身边吧！好好休息，我的好人，你在世上吃尽苦头，接受我的祝福吧。"

叙述者与卓尔巴的关系，有点像浮士德博士与魔鬼靡非斯特。叙述者平时爱读马拉美的"纯诗"。有一天，他又拿起马拉美的诗集，可再也读不下去了。在马拉美那里，人生变成明澈的智力游戏，他把驳杂的、骚动的、充满欲望的人性升华为抽象的理念，在精神的熔炉里使之非物质化，烟消云散。在任何文明的衰落期都会出现纯诗、纯音乐、纯思想，人与生俱来的焦虑于是告终。最后的人摆脱了任何信仰和幻想，他不再期待，也不再害怕任何东西。人是黏土做的。最后的人看到这黏土还原成精神，而精神不再需要在泥土中扎根、吸取养料。于是所有的东西都变成词语，所有的词语都转化为音乐技巧的玩弄，叙述者顿悟：佛陀就是那个最后的人。他是掏空了一切的"纯"灵魂；他身上是虚无，他就是虚无。他的足迹所到之处寸草不生，滴水不流，不会有婴儿呱呱落地的哭声。这番彻悟之后，写作关于佛陀的书对于他不再是文学游戏，而是与自己身上的那股毁灭力量、与虚无作生死决战。"我们，我们还在开始阶段；我们还没有吃够、喝够、爱够，我们还没有生活过。"他在相反的意义上获得解脱。

文明的悖论是，文明越发达，人的原始感情和活力越退化。卓尔巴不是什么"老流氓"，而是酒神狄奥尼索斯精神的化身。叙述者，作者卡赞扎基斯，还有我们这些读过许多书的人，我们离文明的源头太远了。我们有时也会感到一种来自远古的召唤，但是我们做不到如卓尔巴一样生活，我们的每一次冲动，最终都受到理性的制约。艺术家的幸运，是他可以通过创造，释放那种叛逆的能量。读者呢，读完这部小说，我们也释放了什么，然后我们照样过我们平凡的日子，没有故事。故事永远是为没有故事的人讲述、演出的。

穿拖鞋的法朗士

钱锺书在《小说识小》和《小说识小续》（见《写在人生边上的边上》）中两次提到法国人白罗松（Brousson）一本记载法朗士言行的书。原书名 *Anatole France en pantoufles*，直译为《穿拖鞋的法朗士》。钱先生译为《法朗士语录》或《法朗士私记》。

白罗松是法朗士的私人秘书。秘书这个行当，不容小觑。当大政客的秘书，容易得到提拔，自是仕途的捷径。当大文人的秘书，有机会观察名人的日常生活和私生活，听到名人在公开场合不会发表的议论。记录下来，成书发表，则秘书也能在文坛乃至文学史上占一席之地，如歌德的秘书爱克曼。或许因为他所记的多为法朗士的趣闻妙语，不入文学史家的法眼，白罗松的名气远远不及爱克曼，尽管他这本书读来很开心，往往令人忍俊不禁。此书系笔记体，由若干短文组成。

"钢琴之键盘"，见《英国的脚》，全文都是法朗士的话：

还有英国的脚。那天我穿过蒙梭公园，看见一头金龟子，可怜分分的，背朝天躺在一条小径当中。它正用力翻身。我伸出阳伞去帮它一把。那亮光闪闪的食粪虫已经向最靠近的一堆粪便爬过去了。此时走过来一个英国女人。我怎么认出她的国籍来的？一切都表明她的身份：男人一般的体格，颜色不正的头发，红葡萄酒的脸色，像钢琴键盘一样的牙齿。要多丑有多丑！您知道，一个英国女人要是丑起来，那是没有止境的。贵同乡里瓦洛尔说得好："英国女人长了两只左手。"不过，她们一旦漂亮起来，那就是维纳斯！那位英国女人整个儿是一幅漫画，她一边散步，一边把鼻子埋在一本旅游指南里，像阅兵式上的轻骑兵挺直腰杆。她一脚——那只脚啊——踩住我那倒霉的甲虫。那一刻我想到印度和埃及。

至于 Morceau de roi，法朗士指出，法语喜欢用"国王的"（de roi，royal，à la royale）形容最好的东西。大幅的纸张称为 Papier royal，优美的诗歌称为 Chant royal，美味的牛肉是 Boeuf à la royale，上好的兔肉是 Lièvre à la royale（或可译为"宫廷牛肉"和"宫廷兔肉"），美人和佳肴则是 Morceau de roi（国王享用的部位）。法国人不怪国王好色。他们认为国王为民族树立了榜样。处在国王的地位，谁都会这么做的。何况，国

塞纳河畔的旧书摊

王的职业太辛苦，弓张得太紧，有时需要放松。

法朗士本人也属寡人有疾者。而且这个名声，早就传到了中国。徐志摩在一篇推崇陈西滢的文章里说过："西滢是分明私淑法朗士的，也不止写文章一件事——除了他对女性的态度，那是太忠贞了。"反过来说，也就是法朗士对女性不忠贞。其实也谈不上忠贞不忠贞。法朗士离婚后独居，从1884年他44岁那一年起，同龄的卡雅韦夫人（Madame de Callavet）成为他固定的情人。这位夫人住在豪华住宅区奥什大街，特在家中为法朗士安排了工作室，每天像上班一样督促他写作，管饭自然不在话下。有趣的是，她丈夫与法朗士同桌进餐，处之泰然、坦然。

卡雅韦夫人毕竟年龄不小了，对于我们这位大作家，她更多扮演的是 Egeria（艺术家的女庇护人、顾问、灵感启示者）的角色。法朗士还有别的情妇，而且经常寻花问柳，并对自己的秘书直言不讳。

昨天晚上，在蓬斯莱街附近，我遇到一个小妞，怪讨人喜欢的，而且不扭扭捏捏。她看到我的欲望，迎上前来，洒脱地挽起我的胳膊，要把我领到一家下等旅馆去。那种场所是臭虫窝，专门供奉浴人的维纳斯。我对她说："美人儿，上我家去吧。"于是我把她领进萨义德别墅。

——你这里的家具真古怪。你是开古董店的？

然后她耍起她的手艺来。我得说，她很用心，很卖力气，货真价实。一切都很好。我欲仙欲死。忽然我的合作者发现我是学士院院士。可她是怎么看出来的？

我没戴双角帽，没佩剑，也没穿绿色礼服。总之，她发现我是不朽者。从那一刻起，她格外卖力。她的爱抚变得过度。她要做伟大的红衣主教的精神女儿。这一来，她把一切都搞糟了。我试图让她回到正道上去。我说：

——且慢，小美人儿！您太使劲儿了，颠三倒四。您这是乱动，都出汗了。我可是晕头转向，不知道到了什么地方。我们要分解动作，美人儿，不要混淆骚动与快感！

法朗士1898年当选为法兰西学士院院士，从此成为"不朽者"——法国文人的最高荣誉；上面这段故事，自当发生在他52岁以后。

法朗士的父亲在巴黎塞纳河边开一家旧书店。他在书店里出生。学士院近在咫尺。院士们开完会，常到书店里来淘书，一边挑书，一边继续他们在会上的讨论。少年法朗士钦佩、仰慕他们的博学。当院士，在纽扣眼上佩戴红色或紫色的徽章，写书，生活在另一个时代，几乎不知道当代的事情，却与西塞罗、高乃依、塞维涅夫人为友。对于他，人生的光荣莫过于此。然而，待他自己成为院士，他认为院士的光荣在于可以率性行事。

我穿着睡袍和拖鞋接待部长和出版商。我接见他们；通常我拒绝接见。像他们以前常叫我等候一样，现在我让他们等候。总之，这个法兰西学士院，这个大作家的名声，不妨说这顶王冠，允许我在任何时间，任何场合，戴我那顶灰色旧毡帽。只要我高兴，我可以穿便鞋上歌剧院。这些都是小小不言的好处，还有更大的。所有的老姑娘都把自己的积蓄捐给学士院，以便奖励贞洁少女。而这个学士院，实不相瞒，却是法律管不着的。我给你举个例子。

不久前，我在布洛涅森林里，像邂逅水仙，遇到一位容易亲近的好女子。我有点近视，而且不善于掩藏自己的激情。再说，我这个人随随便便，不懂虚伪——这个社会最大的美德。我与我的女性合作者坐在长凳上，做起无伤大雅的游戏。突然冒出一名凶巴巴的乡村警察：

——我监视您好久了，色狼！您叫什么？

碰巧我身上有张名片。我把名片和一个埃居一起递给他。他把钱塞进口袋，再去看名片。看到我是院士，这粗人变得彬彬有礼。

——请原谅，院士先生。我不知情，这地方什么人都来。再说，是为了孩子们，我才出面干涉的。您知道，遇上他们不该看到的事情，小淘气们不会闭上眼睛的。别的事情，我倒不在乎。树林有什么用，不就是为了谈情说爱？不幸的是，夫人穿着红裙子，像面旗子，老远就看得见。请勿见怪，假如夫人穿条黑裙子，不怎么显眼，那就好多了。凡事都得谨慎，对吗？否则我不会过来，不过我也就无幸与您相识了，院士先生。

如上所述，他称与自己有露水姻缘的流莺为"女性合作者"。他付钱，不多不少。某日，在一夕之欢之后，他对白罗松说："我不着急——我不急于付恰当的工资给我的女性合作者。我发现，她一旦把钞票攥在手里，马上就会想起一位生病的姑妈。于是这位模范侄女再也不肯待下去了。必须打开笼子，而她就带着那笔小钱扑腾翅膀飞走，像麻雀叼着一小块面包。"

有一年夏天，他陪伴卡雅韦夫人游历都兰省。一天早晨，在都尔城，他想溜出去独自游逛，夫人问他上哪儿去，他随口说去参观圣加提安大教堂。夫人硬要陪他去。

无可奈何。我的早晨泡汤了。我们出发。在教堂附近，有几个漂亮女人凭窗笑语。您想必早有发觉：烟花女子与夜间活动的鸟类一样，爱在教堂周围搭窝。您来到一座陌生城市——我有过多次经验——总会在精神安慰的临近找到肉体安慰。此一存在于忠诚与放荡之间的关系，值得仔细研究。对于您这个年龄的学者，这是个好题目。在高贵的圣加提安教堂附近的一条小巷里，我看到一个漂亮妞靠在老虎窗口。

除了头发，她几乎什么也没穿。可那头发，我的孩子！威尼斯的红棕色！一顶金盔！一幅提香的画！还有那胸部！牛奶一样白，老兄！她看到我出神了，向我眨了眨眼，做了个挑逗的小动作。意思是说："甩掉你那个老婆子，回来找我。我既漂亮又温柔。人生苦短啊！"她那丰满的体态，老兄！钟声敲响了，好像是为了赞美她。在她身上的神性，比整个教堂里还多。

卡雅韦夫人在他身边走着，满脸的不高兴。法朗士向那个小妞回敬一个眼色，然后把夫人推进幽暗的教堂，要她到祭坛背后去看路易十一一个早夭的儿子的坟墓，说那墓上的雕像举世无双，自己却推说要去买一本罕见的古书，随后再来。夫人踏进教堂，他随即去找那个尤物。

与这个可人儿交谈了多长时间，我不能精确地告诉你。少说有三刻钟。我回到教堂，发现夫人正火冒三丈。她气得连假发也戴歪了，举着阳伞斥责教堂执事。祭坛上的神甫中断了诵经。

"路易十一的儿子的坟墓在哪里？"她尖声喊叫，"我要看这座坟墓！看不到我就不走了。我要发电报给文物局局长，给教育部长。先生，这太欺负人了！您为我把这历史建筑描绘得尽善尽美，而这帮笨蛋竟敢说它不存在！"我不知道怎样才能使她息怒。神甫想必派人去叫警察了。我还是壮了胆，跟她说实话："夫人，这些好人说得没错，路易十一的儿子的坟墓，法国中世纪雕刻无与伦比的杰作，不在都尔，而是在昂瑞尔。"她顿时不说话了，她的怒火变成惊愕。此后两天她不理我。我倒是落了个清静。

这位好色的"不朽者"视贞洁为女性的一种残疾。"有羞耻心的都是丑女人。贞洁可能存在，不过那是在缺乏热情、麻木不仁的女人身上。这需要治疗，像贫血症和肺病。"而男性最严重的生理缺陷，他以为是性无能。对性变态他表示宽容，称之为"拼写错误"："有人把阴性名词写成阳性，也有人把理应属于阳性的转成阴性。在这个世界上，每人自寻出路。"

基于这些看法，他半认真半开玩笑，以卢梭和拿破仑为例，发挥一种"唯性"史观：

拿破仑是个小丑，是个病人，他父亲，他祖父，都死于癌症。他继承了这种病，以至那些以诗人自居者把他比作被鹫鹰啄食心肝的普罗米修斯。这个伟人不是一个人，或者说差了好多。只要读一下英国外科医生的尸检报告便知分晓：看到皇帝尸体的模样像女人，医生们大为惊讶。对女色他从来不是特别上心。他只爱一个女人：光荣，战争。对于他，这两者是一回事。与大多数专制帝王一样，他不知安分，内心老在骚动。他让世界发颤，是因为他不能使床垫发颤。在社会的不平等之前，存在着天生的不平等。为什么我长得丑，发育不良，招人讨厌？为什么我兄弟天生一副俊俏面孔，女人无不喜欢他？因为卢梭老板着脸，他才点一把火烧遍全世界。在东方，大多数革命是阉人发动的。看吧，在我们国家也一样！1789 年以后，政治舞台上不可一世的都是私生子、驼子、瘸子、瘫子和阳痿。确切说，拿破仑并非阳痿，不过他也不是洛克索方尖碑、情场杀手。他曾经爱过吗？他体验过这种眩晕，这种陶醉，这种柏拉图比喻为"飞马带着灵魂之车升空"的事情吗？他没有时间；他活得太苦太累。

苦役犯也比他幸福。他随时随地都在工作，在餐桌上，剧场里，马车上，浴缸里。他每夜只睡三个小时。他逼着大家干活，他不是人，是台机器。是的，据说他也有几段纯情……可怜的纯情！那只能算是丘八的艳史。在埃及，他对餐桌旁的邻座——一名同僚的妻子产生欲望。他一把抓住水瓶，把它泼翻在那俏娘儿们的长袍上，然后借口帮她把衣服烤干，把她带进卧室。那位当丈夫的只得干等着：尊卑的界限不得逾越。

您看，这个人只爱他自己。约瑟芬？这是另一回事。她把他给镇住了：她在尚德莱娜街的公馆陈设讲究。她衣着华丽。假如他知道，她欠着账单，银器都是租来的，很可能他会娶拉蒙当西埃。

当然，对年轻的秘书他不是只谈女人。有一次他向白罗松谈起自己的信条：

我每读到《十诫》的第一条"你只崇拜一个神"，气就不打一处来。不，要崇拜所有的神，所有的寺庙，所有的女神。

时间不保存人们不花时间做的任何东西。

最美的题材：最简单的，最赤裸裸的。

当一件事情已经被人说过了，而且说得很好，那就不必顾忌，逮住它，抄下来。注明出处？用得着吗？假如读者知道你是从哪儿摘来的，你的谨慎纯属多余；假如他们不知道，你会使他们感到羞辱。

久久爱抚你的句子，它最终会微笑的。

后三个信条，都与写作有关。最后一条，他是身体力行的。

我与《耶稣传》的作者勒南一样，信手写下什么，就送印刷所。人们把校样退回来。他改校样，一遍，两遍，三遍……到第五遍，那文章开始像勒南了。而我，要到六校，往往到七校，甚至八校，才算数。你叫我怎么办？我缺乏想象力，但不缺耐心。我最宝贵的劳动工具是剪刀和糨糊。

改校样时，他注意"锄草"：去掉关系代词。他讨厌分号，分号既非句号，亦非逗号，是个杂种。它适合于写作颂词、演说和悼词的时代。"我们今天到了电报时代。只要可能，你要缩短句子，而且总有可能缩短的。最好的句子是最短的句子。"四校用剪刀，调整段落和句子的组合。五校检查形容词。形容词不贵多，而在恰当。从第六校起，他不再增添，而是删除。尤其删除那些煽情的、不精确的描写。此类文字好比用烤蛋白做蛋糕。蛋糕是做大了，漂亮了，其实内容贫乏，甚至贻笑大方。在《朱迪亚总督》里，他描写那不勒斯海湾，自然不会忘记维苏威火山。于是他写道："海湾深处，维苏威山在冒烟。"结果招来几位火山学家和地震学家的抗议。因为在他描写的那个时代，那座有名的火山处于睡眠状态。它于公元54年醒来、喷发，毁灭了庞贝和另一座城市。"我不得不熄灭维苏威，修改我的句子，但是没有改变段落。我久久寻找。我的耐心终于得到报偿。我把'维苏威在冒烟'改成'维苏威在微笑'。这一下就皆大欢喜了。"

法朗士最敬仰伏尔泰，讨厌卢梭和雨果。夏多布里昂是他的眼中钉。对巴尔扎克他有褒有贬。对帕那斯派的领袖勒贡特·德·里尔，他看不上眼。

有一天，夫人小病卧床，要人家读书给她听。白罗松建议读巴尔扎克，法朗士说这位小说家越过了常情常理的界限。

我不喜欢患肥胖症的作家——我用的是转义。巴尔扎克叫我害怕：他块头大，笨重，出汗，表达含糊。他粗俗，偏爱长篇大论议论政治，用同音词做文字游戏。他就是闻人高迪萨。他是个天才的旅行推销员！他往往不如桑朵。不过，他写得好的时候，就不再是小说家，而成了历史学家。全部当代史都在他的作品里。（按：闻人高迪萨是巴尔扎克一部同名小说的主人公；小说家、学士院院士桑朵曾是乔治·桑的情人和合作者。）

　　最后大家选中了夏多布里昂。白罗松朗读《幽冥回忆录》开头那段有名的文字："我母亲在圣马洛生下的第一个男孩，还在襁褓中就死了。那时候，我父母住在圣马洛一条阴暗、狭窄的小街上，叫犹太人街。我母亲生产的那间屋子下临一段废弃的城墙。透过窗户，可以看见一望无际的大海在礁石上撞得粉碎……我出生的时候几乎奄奄一息。预告秋分的狂风掀起海浪，发出阵阵咆哮，盖住了我的啼哭。人们常跟我讲起这个细节，其惨象永远留在我的记忆之中。每当我想象我曾是什么样子，我脑海里就浮现我出生的那块悬崖，母亲赋予我苦难的生命的那间屋子，其呼啸声催我入睡的那场风暴……上天好像有意把这些场景集合起来，在我的摇篮中放进我的命运的图像。"

　　读到这里，法朗士发作了：

　　瞧这一家子！夏多布里昂夫人不能像平常女人那样生产。她需要大海、闪电和风暴。这是维纳斯诞生图，不过涂了黑色。对于普通的产妇，生育就是那个水囊破了。但是对于小夏多布里昂，却需要海洋。这些人做什么都不能简简单单。

　　"够了！"卡雅韦夫人在床上求他，"您太残忍了。那浪漫的轰鸣刚使我听得出神，您一下子就把摇篮里的夏多布里昂卸成八块。这孩子在哪儿招您惹您了？您最好等念完这一页再攻击他。让他太太平平吸奶吧。"

他解释自己为什么讨厌夏多布里昂。

此人好夸大其词，他害苦了我的年轻时代。我父亲崇拜这位子爵。他自己留着不配套的《基督教的真髓》和《从巴黎到耶路撒冷旅行记》，堆在他的房间里，这是他的枕畔书。他读得滚瓜烂熟。与子爵如此亲近的结果，是他也学会了那种花里胡哨的腔调。碰上鸡蛋没有煎得恰到好处，或者排骨烤过火了，他都模仿从西奈山上走下来的夏多布里昂先生的风格，斥责我可怜的母亲。每天晚上，为了他自己的乐趣，他强迫我高声朗读他最喜欢的作者的最华丽的文章。还得补充，我在中学得到的第一份奖品，还是那要命的《基督教的真髓》。现在你们该不奇怪，我为什么对他如此恶心。

1876 年，法朗士接替勒贡特·德·里尔，任参议院图书馆馆长，后于 1890 年辞职。参议院位于巴黎市中心的卢森堡公园里。有一天，他与白罗松在公园里散步。

我非常喜欢这些草坪和小径。我在那边当图书馆馆长时，参议院宫对我是学校、作业、罚做的额外作业。而公园，那是自由活动的操场。与在喷泉边上用沙子建造城堡的孩子们相比，制定法律的元老们太无趣了。我请问，什么人的雄辩比得上在盛开的夹竹桃花下，一名奶娘像献上水果一样献给天真无邪的婴儿的乳房？

白罗松打断他，指给他看草坪中央勒贡特·德·里尔的纪念像。这下招来法朗士对前任的猛烈攻击：骄傲、无知，不懂希腊文却翻译《荷马史诗》，写了本世纪最硬邦邦的诗句，而且脾气特坏。接着，秘书说，人们可能——我相信在许多年以后——为参议院图书馆的另一位馆长也树立一座雕像。人们可能为他建一个全身像，披着罗马式或浪漫风格的长袍。

——够了，够了，我请您打住。您的想象使我不得平静。

——在气势不凡的大理石或者青铜雕像边上，再安放一个美女。

——好极了！这下我喘过气来了。假如有个美人儿做伴，我很愿意在柱子顶上度过永生。我会乖乖地待着。

——那将是个美丽的寓意（allegory），就像您的同僚勒贡特·德·里尔身边的女像，插一双颤动的翅榜。

——不，不要颤动的翅膀！我不喜欢长翅膀的女人。我与她们没有打过交道，因为从未遇到过。何况我讨厌寓意，现代的寓意。通常，此类作品愚蠢之味到了极点。刚才，这些花坛、小径、玫瑰花、鲜花一般开放的儿童、幻出彩虹的喷泉、咕咕叫的斑鸠……使我如置身伊甸园中。可您偏要大煞风景；顿时百花凋零，花园变成公墓。我只看到这座纪念死人的雕像，被您怀着恶意精心描绘。

沉默数秒。然后他咬着胡子尖说：

——这座雕像，我怕是躲不过去了。总得让雕刻家们挣钱养家啊。您说，它必定很贵。它一定很丑，很占地方。为什么不马上把这笔钱交给我呢？没办法！人们总是把刺留给活人，把玫瑰送给死人。

法朗士死后，卢森堡公园里没有建立他的塑像。雨果死后，该他当文坛盟主了。轮到他逝世，他与雨果一样得到国葬的殊荣，不过夹道送别的群众，远没有雨果出殡时那么多。无论生前死后，雨果的地位和影响都高于法朗士。一位文学史家这样说："任何在世时被过分推崇的作家，一旦弃世，都跌入炼狱，等待人们日后把他拉出来，领向他最后的归宿：地狱或天堂。法朗士待在候车室里的时间长得不近情理。"意思是说，他没有被遗忘，但也没有被人追捧。

白罗松这本书初版于法朗士逝世的当年，1924年，好像他为抓住"卖点"，迫不及待地要把法朗士的私生活公之于众。书前有一《代序》，说作家生前知道他随手记录了这些越轨的言行，并在有人作证的情况下授权他可以在本人死后公开发表。书出版后，未闻法朗士的亲属告他诽谤，但也没有再版，直到1994年被一家出版社收入《绝版丛书》。平心而论，此书纯粹是小报记者的写法，回避法朗士一生的重大事件和重要表态（在德莱福斯事件中，他坚决站在左拉一边；第一次世界大战时，他以七十多岁的高龄要求入伍；1921年参加法国共产党等），我们只看到一位刻薄、轻佻、玩世不恭的文坛"大腕"。钱锺书先生杂览及此，令我们再次叹服他的博学。书中有一则常被引用，尤为时装专栏作者所乐道：

勒南到了晚年，很想揭开未来世界的面纱。为什么呢？为了满足他的科学好奇心。他特别想读一下他身后一百年，小学生书包里装的科学教科书。我也想揭开这神秘的面纱。我也有自己的科学好奇心。不过我不像这个管理圣器的老家伙那样想入非非。我不在乎蒸馏釜和蒸馏瓶、蒸汽和电气。我曾经长期迷信科学。现在我没有那么狂妄。我不再相信科学是唯一精确的学问。光凭科学这般妄自尊大，就能判断它到底是什么。假如我可以在我身后一百年出版的乌七八糟的书堆里选择，您猜我会挑什么书？一部小说？不。小说总是老一套：一个男人爱上一个不爱他的女人；或者，女人爱上不爱她的男人；又或者，两人爱得或恨得死去活来……这样就能构成一定数量的组合。加上情人，也超不过十种花样。不，我在未来的图书馆里挑选的不是小说，也不是历史书。假如一本历史书读来有趣，它仍是小说。老兄，我只挑一份时装报刊，为了看看我死后一个世纪，女人们怎样穿着打扮。关于未来的人类，所有的哲学家、小说家、说教者和学者能告诉我的，都不及妇女的服饰。

法朗士活着的时候，欧洲妇女外出时都穿曳地的长裙。经过许多年，长裙才完成逐渐演变为短裙的过程。如果他能赶上短裙乃至超短裙的时代，或许他会抢在林语堂前面说："句子如女人的裙子，越短越好。"

童心残忍

人老则思旧。法国作家马塞尔·帕尼奥尔（1895～1974）以喜剧作家成名，后来也编导电影。他在 60 岁前后追忆儿时，以《童年回忆录》为总题，一口气写了四本。《父亲的荣耀》是第一本，也是其中最受读者喜爱的一本。

写童年生活，可以采用童年的视角，也可以采用或兼用成人的视角。如鲁迅于 1926 年 45 岁时写的《朝花夕拾》，取的便是成年视角。帕尼奥尔这部书主要采用童年视角，叙述家世，20 世纪初法国南方一个教师家庭的浓郁亲情和生活细节，普罗旺斯山区的景色和乡村风光。他的本行既是喜剧，书中不乏喜剧场面，时见诙谐和调侃。我译完此书，给我印象最深的却不是这一些，而是他根据自己的童年经验站出来作证，说儿童惯于撒谎，而且天性残忍。

先说撒谎。儿童起先出于某种考虑，无须成人教唆，亦会自发撒谎。马塞尔·帕尼奥尔就承认自己小时候经常撒谎。不过，或许是他天性中善的成分在起作用，也可能是因为他当小学教师的父亲约瑟夫以身作则，从不说谎，他在编造谎言的同时总会感到不安。如果他后来学会撒谎不脸红，那是受了成人的影响。小马塞尔的姨妈萝丝在马赛的公园里认识了她未来的丈夫于勒，当时后者说他就是那个公园的业主。后来他才告诉小马塞尔，他从来没有那么大的产业。"在那一天我发现大人跟我一样会撒谎，我觉得在他们中间我不再安全。不过，从另一方面，他这番披露使我过去、现在和将来的所有谎言都得到辩解，令我内心太平。"于勒姨夫将完成对他的说谎教育。他和马塞尔的父亲计划去打猎，马塞尔与弟弟小保尔都想跟着去。禁不住他的软磨硬泡，于勒姨夫最后答应带他去。麻烦在于这件事不能跟弟弟说。父母于是问他，要是弟弟问起来该怎么办？他说："我就跟他撒谎，因为那是为他好。"姨夫随即跟他说："你刚才跟我说了句很重要的话，你要牢牢记住它：对孩子说谎是允许的，只要是为了他们好。"其实是，姨夫答应带他走也是说谎——这也是为他好。两位连襟打算次日一早就出发，把他甩掉。就这样，"善良的谎言"取得了合理性。

如果说儿童撒谎是学会的或被教会的，他们对动物的态度应该是出于天性。帕尼奥尔写道："我相信人天生是残忍的：儿童和野蛮人每天证明这一点。"这里把"野蛮人"与儿童并列，因为前者尚未"开化"，处于人类的童年，没有文明社会的道德观念（他在本书里多次提到儿时爱读美国作家库伯以北美印第安人为题材的小说，赞赏他们一种叫 scalp 的舞蹈：边跳边挥动从战败的敌人头上割下来的带发的头皮）。至于"天生是残忍的"这一判断，已是用成人的道德观念审视童心了。我对全称判断总有点保留。他以个人经验为立论根据，至于天下儿童是否都一样，倒也难说。

20 世纪刚开头的时候，作者不到 6 岁，他父亲从乡下调到马赛近郊任小学教师，住在学校里。学校对面就是市立屠宰场。小马赛尔喜欢爬到饭厅窗子前的一把椅子上，兴致勃勃地观看杀牛宰猪。母亲一边为胡萝卜炖牛肉准备小肉块，一边跟他说一些他听不懂的话，总是说可怜的牛如何温顺，卷毛的小羊如何善良，屠夫又如何凶恶。而在孩子心目中："不幸的牛在两角之间挨了一锤，屈膝下跪的时候，我只是佩服屠夫的力气和人对牲畜的胜利。杀猪的过程令我笑出眼泪，因为人们拽住它们的耳朵，而它们发出尖叫。不过，最有趣的场面是宰羊……"西方的文化和教育传统与我们不同。约瑟夫不知道"孟母三迁"的故事。即便知道，他也不会觉得有必要远离屠户。其实，见证屠宰的过程也会长进知识。笔者是城市里长大的，只在菜场里和母亲的菜篮子里见过分割好的肉块。要活到三十来岁，有缘下放干校当"五七战士"，才在农村环境里见识了手工屠宰，其程序与法国的几乎一致。杀牛也是当头猛击一槌。杀猪师傅的灵巧令人叹服：他从咽喉下进刀，必须一刀刺中猪心。眼看二百来斤的大家伙瞬间暴毙，我感到有点惨，但想得更多的是终于可以"改善伙食"了。岂止儿童残忍，成人更加残忍。

如果说，对于屠宰大动物，小马塞尔只是被动地观看与欣赏，对于位于生物进化序列低端的昆虫，他就主动伤害或虐杀了。学校的梧桐树高头有知了隐藏在树叶深处鸣叫，他听来意在挑衅，总想逮住它们，以便把草棍塞进它们的"屁眼"——他没忘记用成人的观点自嘲："8岁的小天使就是这般居心。"后来，他跟家人到山间别墅去度假，进入动物王国，终于练就一身逮知了和蝴蝶、小蚱蜢的功夫。

捕蝉乃至虐蝉无非是种游戏，不带任何功利目的。中国儿童也捕蝉，无非是捕到后玩弄一阵，不管死活就扔掉了。所以我从形而下的角度出发，一直读不明白《庄子·达生》里那个有名的"痀偻承蜩"的故事。驼背老翁用竿子粘蝉，像在地上拾取那么容易，然而他拿蝉做什么用呢？若是为了给他孙子玩，恐怕要不了那么多。或者纯粹是"无所为而为"，只为那行为本身达到的巧而近道的境界？后来读到一位作者名为《捕蝉》的文章，说他儿时也用粘竿捕蝉。时值三年困难时期，副食品供应不足，肉总是不够吃。把蝉去壳放在煤火炉上烤，就有两块较大的肉可吃，扑鼻的焦香很是诱人。于是我揣测，战国时期或许也副食品匮乏。

书归正传：小马塞尔和他弟弟听从父亲的建议，放弃无益的游戏，开始观察昆虫的习性。那个年代，法布尔的《昆虫记》正是风行法国的读物。小哥儿俩首先为观察蚂蚁而火烧蚁穴。然后他们逮了三个大个头的"修女螳螂"，为研究它们，决定在其中最大的两头之间挑起战争。他们发现这些动物缺了爪子，断了腿，甚至丢了半拉脑袋，照样能够存活。

"两名选手中的一个只保全了上半身，却在吞噬了对手的脑袋和胸部之后，不慌不忙地攻击它剩下来的仍在不安地跳动的另一半。保尔心软，回去偷来能黏合铁器的强力胶，试图把两个半截拼成一个完整的螳螂，而且庄严地起誓要还它自由。不过他的善举未能完成，因为那截上身逃走了。"

他们意犹未尽，于是安排第三只螳螂与蚂蚁决战。他们先把螳螂装进一个玻璃瓶，猛然推倒瓶子，让瓶口对准一个正在忙忙碌碌的蚁穴的主入口。作者用一千多字记录、描写这场恶斗的全过程。我以为这是全书最精彩的部分，其惊心动魄，不亚于雨果笔下的滑铁卢战场，其精确不让《昆虫记》，其幽默令人解颐。螳螂的尾巴上长着三个尖端；它有六条锋利如刀的腿和一对如大剪刀的夹钳；"左右开弓挥动它那一把大剪刀，每动一下它都能俘获大串的蚂蚁，把它们送进上颚，切成两截，纷纷落下"。恁是好汉，无奈寡不敌众。结果是螳螂惨死，蚂蚁们得胜还朝（巢），像厨子处理龙虾一样锯断脖子，把它的上半身切割成均匀的薄片，剥掉它腿上的皮，优雅地拆卸它那对吓人的夹钳，然后"拖到地底下，在某间仓库深处按照新的次序放置"。

我倒是认为，这个实例证明的与其说是儿童的残忍，不如说是科学的残忍。西谚："真理是残酷的。"科学求真，因此也是残酷的。在崇尚科学的法国，在一位可敬的以传播知识为使命的教师父亲的引导下，小马塞尔无非做了一次科学实验。每一代法国家长都让孩子读这本书，原因之一也是为了让他们以比读《昆虫记》更有趣的方式，获得许多博物知识。

换一个国度，在另一种文化环境里，儿童对小动物、对昆虫会持另一种态度。如果法国儿童借用残酷的科学途径认识鸟兽虫鱼，在我们中国，更多采用的该是善良的诗意途径。害虫除外，首先是善鸣的昆虫带给我们季节更替的信息。《诗经·豳风·七月》里就有"五月鸣蜩"和"六月莎鸡振羽"，更有"七月在野，八月在宇，九月在户，十月蟋蟀，入我床下"。

我们熟悉收入《朝花夕拾》的《从百草园到三味书屋》里那段名文:"不必说碧绿的菜畦,光滑的石井栏,高大的皂荚树,紫红的桑椹;也不必说鸣蝉在树叶里长吟,肥胖的黄蜂伏在菜花上,轻捷的叫天子(云雀)忽然从草间直窜向云霄里去了。单是周围的短短的泥墙根一带,就有无限的趣味。油蛉在这里低唱,蟋蟀们在这里弹琴。翻开断砖来,有时会遇见蜈蚣;还有斑蝥,倘若用手指按住它的脊梁,便会拍的一声,从后窍喷出一阵烟雾。"少年周树人听到的蝉鸣是"长吟",不是"挑衅",他更无意逮住它们,把草棍塞进它们的"屁眼"。至于蚂蚁,"三味书屋后面也有一个花园,虽然小,但在那里也可以爬上花坛去折梅花,在地上或者桂花树上寻蝉蜕。最好的工作是捉了苍蝇喂蚂蚁,静悄悄地没有声音"。他不会想到去火烧蚁穴。

中国孩子感兴趣的是把某些昆虫养起来。他们最亲近蟋蟀,只有被迫无奈,才起杀心。如为父亲伯宜公配的药需要蟋蟀一对做药引,少年鲁迅才"走进百草园,十对也容易得,将它们用线一缚,活活地掷入沸汤中完事"。

周作人晚年写作的《儿童杂事诗》,对鲁迅笔下的百草园颇多回应。这一组诗的甲之二二《蟋蟀》云:"啼彻檐头纺织娘,凉风乍起夜初长。关心蛐蛐阶前叫,明日携笼灌泥墙。"

水淹蟋蟀洞，是为了逼迫它们出来，以便逮住，养起来，好玩斗蛐蛐的游戏。对其他昆虫亦然。同诗丙之十二《虫鸟一》："蝴蝶黄蜂飞满园，南瓜如豆菜花繁。秋虫未见园林寂，深草丛中捉绿官。"附注："绿官状如叫蝈蝈而小，色碧绿可爱，未曾闻其鸣声，儿童以为是络纬之儿，盖非其实也。"丙之十三《虫鸟二》："辣茄蓬里听油蛉，小罩扪来掌上擎。瞥见长须红项颈，居然名贵过金铃。"附注："油蛉状如金铃子而差狭长，色黑，鸣声瞿瞿，低细耐听，以须长颈赤者为良，云寿命更长，畜之者以明角为笼，丝线结络，寒天悬着衣襟内，可以经冬，但入春以后便难持久，或有养至清明节者，则绝无仅有矣。"丙之十四《虫鸟三》咏络纬（官名螽斯，俗名蝈蝈），也是供笼养的。我不知道该怎样解释此一喜好：是一种不值得夸耀的"把玩文化"，还是因其非暴力，多少还算一种和谐相处的方式？

周氏兄弟倒不止于"把玩"，他们都有了解动物生理构造和生活习性的兴趣。鲁迅推崇《昆虫记》，誉之为"讲昆虫生活的楷模"。或许由于文体的限制，他对百草园里的小生物没有做考证功夫，也没有涉及解剖学的细节。周作人向中国读者介绍《昆虫记》比鲁迅还早。他说："法布尔的书中所讲的是昆虫的生活，但我们读了却觉得比看那些无聊的小说戏剧更有趣味，更有意义。"(《自己的园地·法布尔〈昆虫记〉》)他也经常提到乾嘉学者郝懿行的《尔雅义疏》，赞许其自然科学价值。值得注意的，是在我们引用的《儿童杂事诗》里，他不止于诗，在注文里也引入了科学观察。"无聊的小说戏剧"今天不比周作人当年少，还多了当时没有的更加无聊的电视节目。难怪我已故的大学老师张冠尧先生曾说，他最喜欢的电视节目是《动物世界》。

近读陆谷孙先生《新编〈动物庄园〉(之四)》，他说自己以前每年夏天都买来蝈蝈，囚在笼子里听它们声嘶力竭地鸣叫，直到衰竭而死，却自以为在欣赏野趣。现在他心有不忍，决心戒了这个雅兴。呜呼，人生一世，草长一秋。虫的生命亦只有一秋。假如蝈蝈可以选择，与其在囚笼中受人供养，不如在自由环境中吸风饮露，乃至成为别的动物的食料。陆先生蔼然仁者，为蝈蝈计，今夏不宜不买蝈蝈。他不买的那个蝈蝈，会有别人买下，其结果是一样的。如果大家都不买，几百个蝈蝈笼子砸在卖者手里，则结果更加糟糕，因为他不见得会有耐心，每天喂它们新鲜毛豆和西瓜皮。建议陆先生批量收购，然后携至离上海最近的某个森林公园，破笼纵囚，不亦快哉！

与萨特接一次轨

萧乾先生回忆当年"反胡风运动"中，书生吕荧因为说了一句真话就被捉将官里去。然后他沉痛地表示："……活生生的事例使我对说真话做了那样的保留。能保住这一点，有时也需要极大的勇气，甚至也得准备做出一定的牺牲。"

"一位颇有黑马流风的后生"（王蒙先生语）出来大批萧乾先生，说沉默意味着默认、赞同，助长了邪恶。说中国作家太聪明了，并说只有不这样聪明了，才能使中国文学与国际接轨。

窃以为，要使中国文学与国际接轨，除了中国作家本身的努力、才情、道德勇气，更需要一个与国际环境接轨的国内环境，至少有一个如现在这样来之不易的"相对允许多说一些真话的环境"（再次引用王蒙先生语）。外国作家曾经面临的庸夫俗子的偏见、官方指导下的一律的舆论、高压、专制、淫威乃至囹圄之灾，怎么说也比历代中国文人所经历的要轻一些，易于抗争一些。远说18世纪，伏尔泰曾入狱、被流放、遭通缉。他晚年学乖了，狡兔三窟，在瑞士的洛桑和日内瓦有寓所，又在法瑞边境的菲尔奈购置地产，一旦有事随时可逃遁，政府和教会奈何他不得。封建时代的中国文人有谁能这样进退自如？

近一点，说说左拉。19世纪末，他为德雷福斯冤案辩护，公开控诉国防部和军事法庭的高级官员犯了"违背人道与正义的罪行"，震动了整个法国。右派议员要求立即逮捕左拉，军队首脑也以全体辞职为要挟。左拉被法庭传讯，判处监禁一年，罚金2000法郎。当时已是共和政体，舆论未能一律。越来越多的进步人士向左拉表示支持与敬意，友人帮他逃到伦敦。德雷福斯案真相大白后，他才能回国。反观现代说真话的中国作家，面对的往往是一面倒的舆论的"口诛笔伐"；万一判刑，也无地流亡，只有流放。

再近一点，还是说法国的事。对法国作家最严峻的、真个性命攸关的考验，是第二次世界大战中德国占领法国。法国人未能"个个无私无畏，敢于用胸膛去撞钝撞断法西斯德军的刺刀"（又引王蒙先生语，想来不算侵犯著作权），结果是法兰西文化和人类文明的骄傲、世界名城巴黎遭到党卫队黑皮靴的践踏。

萨特因病从战俘营获释，1941年回到被占领的巴黎。

他没有去伦敦投奔戴高乐，或到美国避难如玛格丽特·尤瑟纳尔，也没有在本土参加游击队如马尔洛。他先是与哲学家梅洛·庞蒂等人发起成立一个知识分子抵抗组织。因法共不愿意与这个组织有任何接触，加之其成员都是缺乏经验的书生，不久它就处于停顿状态，终告解散。然后萨特在中学任教，以写作剧本作为他当时唯一可行的抗敌形式。他与普通巴黎人一起熬过了3年多的被占领岁月。巴黎解放后他在一篇为英国人写的政论里回忆这段日子，对于为了维持最基本的生存而在黑市上费尽心机多买一块面包、几个鸡蛋的小市民满怀同情和理解。萨特总结说："在这个时代——抵抗运动除外——法国大概说不上始终表现得很伟大。但是你们首先应该理解，积极的抵抗必定只能限于少数人。其次，我以为，这一小部分人义无反顾地自愿以身殉难，他们足以补偿我们的种种软弱之处。"（见《占领下的巴黎》）这使我想起鲁迅关于民族的脊梁骨的名言。一个民族的脊梁骨自然最可贵，可是一个人如果只有脊梁骨，也就不成其为人了。

回顾中国文人在国难时期的表现：除了周作人投敌，老舍抛妻别子，至武汉、重庆从事抗日救亡；丰子恺携家逃难，间关万里；钱锺书、杨绛留在上海；郁达夫远走南洋，被迫做了日本宪兵队的翻译（他如果不是死在日军枪下，我真担心那顶"汉奸"帽子会压死他，富春江边鹳山上也不会建立"双烈亭"了）。各有各的选择，要在大节无亏。

回过头来仍旧说萨特。不论以何种形式从事抵抗的人，都有被捕、受严刑拷打的危险。萨特有幸没有被捕，但经常想到这个问题，他没有说，也不敢说他若被捕，一定选择做英雄。只有经受酷刑，坚不吐实者，才有资格痛斥熬刑不过而招供者为懦夫、叛徒，必须付出代价才能取得发言权。"假如他们当了懦夫、叛徒，所有其他人都在他们头顶上；假如他们成为英雄，所有其他人都比他们矮一截。"（《什么是文学？》第四章）这里讨论的情况表面上是个悖论：为了坚持真理和正义，维护人的良知，在邪恶的敌人面前必须不说话，至少不说真话。但是其中包含的伦理准则，我以为是有普遍意义的。

也就是说，若要"与国际接轨"，批评别人缺乏公民的正义感、社会良知和道德勇气，你先要取得指责别人的资格。假如你在另一个人的生命、财产受到威胁时没有见义勇为、挺身而出，你无权指责别人的旁观（窃以小人之心度之，很有些义愤填膺、严词谴责别人为冷血动物者，暗中庆幸自己当时不在场，躲过了两难处境）。没有经过反胡风运动、反右运动、"文化大革命"者，无权指责过来人已属难能可贵的沉默。有资格指责萧乾的是吕荧，可是他不会这样做；他想必认为，沉默如萧乾，对他已是一种无声的支持。更有资格责难多数中国人的是张志新，今天她的名字都很少有人再提起了。后来人，站着说话不腰痛。要求中国文学与国际接轨不是坏事，不过请先认清，国际通用铁轨绝非阎锡山当年在山西铺设的窄轨，它宽松、宽厚、宽恕。